高处何所有

张晓风　著

中国盲文出版社

图书在版编目（CIP）数据

高处何所有（大字版）/ 张晓风著. —北京：中国盲文出版社，2018.7
ISBN 978-7-5002-8274-7

Ⅰ. ①高… Ⅱ. ①张… Ⅲ. ①散文集—中国—当代
Ⅳ. ①I267

中国版本图书馆 CIP 数据核字（2017）第 312965 号

高处何所有

著　　者：张晓风
责任编辑：包国红
出版发行：中国盲文出版社
社　　址：北京市西城区太平街甲 6 号
邮政编码：100050
印　　刷：北京新华印刷有限公司
经　　销：新华书店
开　　本：710×1000　1/16
字　　数：91 千字
印　　张：11.25
版　　次：2018 年 7 月第 1 版　2018 年 7 月第 1 次印刷
书　　号：ISBN 978-7-5002-8274-7/I·1723
定　　价：30.00 元
编辑热线：（010）83190265
销售服务热线：（010）83190297　83190289　83190292

目　录

CONTENTS

一山昙花 // 001

敬畏生命 // 004

你为什么拿这一个 // 007

当　下 // 010

我想走进那则笑话里去 // 014

瑕 // 019

画　晴 // 022

木棉花 // 029

行道树 // 031

西湖十景 // 034

我　有 // 036

初　心 // 041

炎　凉 // 047

我交给你们一个孩子 // 050
念你们的名字
——寄阳明医学院大一新生 // 052
谁敢? // 059
我渴望赢 // 062
林中杂想 // 065
高处何所有
——赠给毕业同学 // 075
你不能要求简单的答案 // 077
地毯的那一端 // 089
也是水湄 // 099
女人，和她的指甲刀 // 103
种种可爱 // 106
屋角下，熏染着耙上土香的书 // 115
腾云驾雾，站在锅后的水汽里 // 117
有些人 // 119
不能被增加的人 // 123
谢 谢 // 126
“你的侧影好美!” // 130
我有一个梦 // 133

不　识 // 141
包　子 // 147
尘　缘 // 150
愁乡石 // 159
香　椿 // 164
你欠我一个故事 // 166

一山昙花

“你们来晚了!”

我老是听到这句话。

旅行于世界各地，总是有热心的朋友跑来告诉我这句话。

于是，我知道，如果我去年就来，我可以赶上一场六十年来仅见的瑞雪。或者一个月前来，丁香花开如一片香海。或者十天以前来，有一场热闹的庙会。一星期以前来，正逢热气球大赛。三天以前是啤酒节……

开头的时候，听到这样的话，忍不住顿足叹息，自伤命苦。久了，也就认了。知道有些好事情，是上天赏给当地居民的。旅客如果碰上了，是万幸，碰不上，是理所当然。凭什么你把“华枝春满”“天心月圆”的好景都碰上了?

因此，我到夏威夷，听朋友说:“满山昙花都开了——好像是上个礼拜某个夜里。”心里也只觉坦然，一面促他带我们仍去看看，毕竟花谢了山还在。

到了山边，不禁目瞪口呆，果真每株花都垂着一朵大大的枯萎的花苞。遥想上个礼拜花千朵万朵深夜竞芳时，不知是如何热闹熙攘的盛况。而此刻，我仿佛面对三千位后宫美女——三千位垂垂老去的美女，努力揣想她们当年如何风华正茂……

如果不是事先听友人说明，此刻我也未必能发现那些残花。花朵开时，如敲锣打鼓，腾腾烈烈，声震数里，你想不发现也难。但花朵一旦萎谢，则枝柯间忽然幽阒如墓地，你只能从模糊的字迹里去辨认昔日的王侯将相、才子佳人。

此时此刻，说不憾恨是假的，我与这一山昙花，还未见面，就已诀别。

但这种憾恨我却早已经“习惯”了，人本来就不是有权利看到每一道彩虹的。王羲之的兰亭雅集我没赶上，李白宴于春夜桃李园我也没赶上。就算我能逆时光隧道赶回一千多年前去参加，他们也必然因为我的女性身份而将我峻拒门外。是啊，不是所有的好事都是我可以碰上的。哥伦布去新大陆没带我同行，莎士比亚《李尔王》的首演日我没接到招待券，而地球的启动典礼上帝也没让我剪彩……反正，是好事，而被我错过的，可多着呢！这一山白灿灿的昙花又算什么！

我呆呆站在山前，久久不忍离去。这一山残花虽成往事，面对它我却可以驰无穷之想象。想一周前的某个深夜，满山花开如素烛千盏，整座山燃烧如月下的烛台，那夜可有人是知花之人？可有心是惜香之心？

凡眼睛无福看见的，只好用想象去追踪揣摩；凡鼻子不及嗅闻的，只好用想象去填充臆测；凡手指无缘接触的，也只得用想象去弥补假设——想象使我们无远弗届。

我曾淡忘无数亲眼目睹的美景，反而牢牢记住了夏威夷岛上不曾见识的一山昙花。这世间，究竟什么才叫拥有呢？

敬畏生命

一个久晦后的五月清晨，四岁的小女儿忽然尖叫起来。

“妈妈！妈妈！快点来呀！”

我从床上跳起，直奔她的卧室，她已坐起身来，一语不发地望着我，脸上浮起一层神秘诡异的笑容。

“什么事？”

她不说话。

“到底是什么事？”

她用一只肥匀的有着小肉窝的小手，指着窗外，而窗外什么也没有，除了另一座公寓的灰壁。

“到底什么事？”

她仍然秘而不宣地微笑，然后悄悄地透露一个字：“天！”

我顺着她的手望过去，果真看到那片蓝过千古而仍然年轻的蓝天，一尘不染令人惊呼的蓝天，一个小女孩在生字本上早已认识却在此刻仍然不觉吓了一跳的蓝天，我也一时愣住了。

于是，我安静地坐在她的旁边，两个人一起看那神迹似的晴空，平常是一个聒噪的小女孩，那天竟也像被震慑住了似的，流露出虔诚的沉默。透过惊讶和几乎不能置信的喜悦，她遇见了天空。她的眸光自小窗口出发，响亮的天蓝从那一端出发，在那个美丽的五月清晨，它们彼此相遇了。那一刻真是神圣，我握着她的小手，感觉到她不再只是从笔画结构上认识“天”，她正在惊讶赞叹中体认了那份宽阔、那份坦荡、那份深邃——她面对面地遇见了蓝天，她长大了。

那是一个夏天的长得不能再长的下午，在印第安纳州的一个湖边，我起先是不经意地坐着看书，忽然发现湖边有几棵树正在飘散一些白色的纤维，大团大团的，像棉花似的，有些飘到草地上，有些飘入湖水里，我仍然没有十分注意，只当偶然风起所带来的。

可是，渐渐地，我发现情况简直令人暗惊，好几个小时过去了，那些树仍旧浑然不觉地在飘送那些小型的云朵，倒好像是一座无限的云库似的。整个下午，整个晚上，漫天漫地都是那种东西，第二天情形完全一样，我感到诧异和震撼。

其实，小学的时候就知道有一类种子是靠风力靠纤维播送的，但也只是知道一条测验题的答案而已。

那几天真的看到了，满心所感到的是一种折服，一种无以名之的敬畏，我几乎是第一次遇见生命——虽然是植物的。

我感到那云状的种子在我心底强烈地碰撞上什么东西，我不能不被生命豪华的、奢侈的、不计成本的投资所感动。也许在不分昼夜的飘散之余，只有一颗种子足以成树，但造物者乐于做这样惊心动魄的壮举。

我至今仍然常在沉思之际想起那一片柔媚的湖水，不知湖畔那群种子中有哪一颗种子成了小树？至少，我知道有一颗已经长成，那颗种子曾遇见了一片土地，在一个过客的心之峡谷里，蔚然成荫，教会她，怎样敬畏生命。

你为什么拿这一个

回家之前，我去买了一些水果。

我买了一根香蕉，两个橘子和一个泰国椰子。中秋节刚过，家里水果没吃完的还很多，随便买一点即可。今天选的三样各有理由，香蕉是因为今年盛产，大家帮忙吃一点比较好，所以买它几乎是出于道德的因素。至于橘子是因为它初上市，皮还青青的，闻起来香味却极辛烈，令人想起千年前的老苏写给朋友的诗：

一年好景君须记，最是橙黄橘绿时。

只需花少许钱，就能买到季节的容颜和气味，以及秋来的诗兴，何乐不为——所以，买橘子，是基于美学理由。

而买椰子却有个非常简单明了的诉求，我口渴了，此刻已是晚上十点半，我在外工作了一整天，非常辛苦，自己带的水也喝完了，买可乐或矿泉水会留一个塑料瓶来伤害大地，不如买椰子，椰汁甘美近酒，而且椰子壳对大地是无害的。

但我在排队付钱的时候，收账的老板娘却用非常奇怪的眼神望了我一眼，说："喂，阿姨，你为什么要拿这一粒?"

她指的是那个椰子。

咦?这一个不能拿吗?难道顾客有义务告诉店家自己为什么要选某一个水果吗?这年头连父母都不见得敢问子女为什么要选某人为配偶了，我却竟要回答这么一个奇怪的问题。

"没什么，我随便拿的。"我说的是实话。

付完钱，我请她帮我在椰子上凿一个洞。她凿好，替我插上麦管，然后，她转过身来，又追问了一句："那么多粒椰子，你为什么偏偏拿这一粒?"

奇怪，原来她还没有放弃要问我真相，这一次，轮到我好奇了："这一粒，有什么不该拿吗?"我问。

"大小都是三十元一粒，这一粒，特别小呀!"她叹气，仿佛我是白痴。

"所以，刚才那根香蕉我没跟你拿钱……但是，怪呀，你为什么要选这一粒呢?"

她的年纪看起来不算小，从事这一行想必也有些岁月了，阅人大概也不在少数，看到我这种顾客不选大反选小，简直颠覆了她用专业知识归纳出来的金科玉律，所以想穷追猛打问个明白。

但我并不想挑个大大的椰子，我此刻并没有太渴，就算渴，我也快到家了，我只想有点什么润润喉而已，有什么必要花时间去精挑细选找粒椰汁饱足的大椰子呢？这跟道德的修养不太有关系，我只觉这样做比较合理而已。如果我此刻行过沙漠正午，喉干舌燥之际看见椰子摊上有大小不一而价钱一样的椰子，我大概也会拣个大的拿吧？

可是回顾前尘，我的大半辈子好像都没碰上什么非争不可或非挑不可的事，我习惯不争，可也没吃过什么大亏。像此刻，老板娘不就免了我的香蕉钱吗？也许她可怜我的弱智吧？其实她没算我香蕉钱我也是经她说明才知道的。我习惯不看秤，不复核，店家说多少我就给多少。我不是个全然不计较的人，但生命、义理、文章都够复杂了，实在顾不上水果的价钱啊。

我当场把椰汁喝完了，那分量不多不少，刚刚够润我当下的枯喉。

当　下

“当下”这个词，不知可不可以被视为人间最美丽的字眼？

她年轻、美丽、可爱，然而，她死了。

她不甘心，这一点，天使也看得出来。于是，天使特别恩准她遁回人世，并且她可以在一生近万个日子里任挑一天，去回味一下。

她挑了十二岁生日的那一天。

十二岁，艰难的步履还没有开始，复杂的人生算式才初透玄机，应该是个值得重温的黄金时段。

然而，她失望了。十二岁生日的那天清晨，母亲仍然忙得像一只团团转的母鸡，没有人有闲暇可以多看她半眼，穿越时光回奔而来的女孩，惊愕万分地看着家人，不禁哀叹：

这些人活得如此匆忙，如此漫不经心，仿佛他们能活一百万年似的。他们糟蹋了每一个“当下”。

以上是美国剧作家怀尔德的作品《小镇》里的一段。

是啊，如果我们可以活一千年，我们大可以像一株山巅的红桧，扫云拭雾，卧月眠霜。

如果我们可以活一万年，那么我们亦得效悠悠磐石，冷眼看哈雷彗星以七十六年为一周期，旋生旋灭。并且翻览秦时明月、汉代边关，如翻阅手边的零散手札。

如果可以活十万年呢？那么就做冷冷的玄武岩岩岬吧，纵容潮汐的乍起乍落，浪花的忽开忽谢，岩岬只一径兀然枯立。

果真可以活一百万年，你尽管学大漠沙砾，任日升月沉，你只管寂然静阒。

然而，我们只拥有百年光阴。其短促倏忽——照圣经形容——只如一声喟然叹息。

即使百年，元代曲家也曾给它做过一番质量分析，那首曲子翻成白话便如下文：

号称人生百岁，其实能活到七十也就算古稀了，其余三十年是个虚数啦。

更何况这期间有十岁是童年，糊里糊涂，不能算数。后十载呢？又不免老年痴呆，严格来说，中间五十年才是真正的实数。

而这五十年，又被黑夜占掉了一半，剩下的二十五年，有时刮风，有时下雨，种种不如意。

至于好时光，则飞逝如奔兔，如迅鸟，转眼成空。

仔细想想，都不如抓住此刻，快快活活过日子划得来。

元曲的话说得真是白，真是直，真是痛快淋漓。

万古乾坤，百年身世。且不问美人如何一笑倾国，也不问将军如何引箭穿石。帝王将相虽然各自有他们精彩的脚步，犀利的台词，我们却只能站在此时此刻的舞台上，在灯光所打出的表演区内，移动我们自己的台步，演好我们的角色，扣紧剧情，一分不差。人生是现场演出的舞台剧，容不得 NG 再来一次，你必须演好当下。

生有时，死有时
栽种有时，拔毁有时
……

哭有时，笑有时
哀恸有时，欢跃有时
抛有时，聚有时
寻获有时，散落有时
得有时，舍有时
……
爱有时，恨有时
战有时，和有时

以上的诗，是号称智慧国王所罗门的歌。那歌的结论，其实也只是在说明，人在周围种种事件中行过，在每一记“当下”中完成其生平历练。

“当下”，应该有理由被视为人间最美丽的字眼吧？

我想走进那则笑话里去

围坐喝茶的深夜，听到这样的笑话：

有个茶痴，极讲究喝茶，干脆去住在山高泉洌的地方，他常常浩叹世人不懂品茶。如此，二十年过去了。

有一天，大雪，他煮水泡茶，茶香满室，门外有个樵夫叩门，说："先生啊，可不可以给我一杯茶喝？"

茶痴大喜，没想到饮茶半世，此日竟碰上闻香而来的知音，立刻奉上素瓯香茗，来人连尽三杯，大呼，好极好极，几乎到了感激涕零的程度。

茶痴问来人："你说好极，请说说看，这茶好在哪里？"

樵夫一面喝第四杯，一面手舞足蹈："太好了，太好了，我刚才快要冻僵了，这茶真好，滚烫滚烫的，一喝下去，人就暖和了。"

因为说的人表演得活灵活现，一桌子的人全笑了，促狭的人立刻现炒现卖，说："我们也快喝吧，这茶好啊，滚烫哩!”

我也笑，不过旋即悲伤。

人方少年时，总有些耽溺于美。喝茶，算是生活美学里的一部分。凡有条件可以在喝茶上讲究的人总舍不得不讲究。及至中年，才不免惘然发现，世上还有美以外的东西。

大凡人世中的美，如音乐，如书法，如室内设计，如舞蹈，总要求先天的敏锐加上后天的训练。前者是天分，当然足以傲人，后者是学养，也是可以自豪的。因此，凡具有审美眼光之人，多少都不免骄傲孤慢吧？《红楼梦》里的妙玉已是出家人，独于“美字头上”勘不破，光看她用隔年的雨水招待贾母、刘姥姥喝茶，喝完了，她竟连“官窑脱胎白盖碗”也不要了——因为嫌那些俗人脏。

黛玉平日虽也是个小心自敛的寄居孤女，但一谈到美，立刻扬眉瞬目，眼中无人，不料一碰上妙玉，也只好败下阵来。当时妙玉另备好茶在内室相款，黛玉不该问了一句：“这也是旧年的雨水？”

妙玉冷笑一声：“你这么个人，竟是大俗人，连水也尝不出来！这是五年前我在玄墓蟠香寺住着收的梅花上的雪，共得了那一鬼脸青的花瓮一瓮，总舍不得吃，埋在地下，今年夏天才开了，我只吃过一回，这是第二回了。你怎么尝不出来？隔年蠲的雨水，哪有这样轻浮？如何吃得？”

风雅绝人的黛玉竟也有遭人看作俗物的时候，可见俗与不俗有时也有点像才与不才，是个比较上的问题。

笑话里的俗人樵夫也许可笑，但焉知那“茶痴”碰到“超级茶痴”的时候，会不会也遭人贬为俗物？

为了不遭人看为俗气，一定有人累得半死吧！美学其实严酷冷峻，间不容发，其无情处真不下于苛官厉鬼。

日本十六世纪有位出身寒微的木下藤吉郎，一度改名羽柴秀吉，后来因为军功成为霸主，赐姓丰臣，便是后世熟知的丰臣秀吉。他位极人臣之余很想立刻风雅起来，于是拜了禅僧千利休学茶道。一切作业演练都分毫不差，可是千利休却认为他全然不上道。一日，丰臣秀吉穿过千利休的茶庵小门，见墙上插花一枝，赶紧跑到师父面前，巴巴地说了一句看似开悟的话：“我懂了！”

千利休笑而不语。唉！我怀疑这千利休根本是故布陷阱。见了花而大叫一声“我懂了”的徒弟，自以为因而可以去领“风雅证书”了，却是全然不解风情的。我猜千利休当时的微笑极阴险也极残酷。不久之后，丰臣就借故把千利休杀了。我敢说千利休临刑之际也在偷笑，笑自己有先见之明，早就看出丰臣秀吉不能身列风雅之辈。

丰臣秀吉大概太累了，“风雅”两字令他疲于奔命，原来世上还有些东西比打仗更辛苦。不如把千利休杀了，从此一了百了。

相较之下，还是刘姥姥豁达，喝了妙玉的茶，她竟敢大大方方地说：“好虽好，就是淡些。”众人要笑，由他去笑，人只要自己承认自己愚俗，神经不知可以少绷断多少根。

那一夜，在众人的哄笑声中，我真想走到那则笑话里去，我想站在那茶痴前面，他正为樵夫的一句话气得跺脚，我大声劝他说：“别气了，茶有茶香，茶也有茶温，这人只要你的茶温不要你的茶香，这也没什么呀！深山大雪，有人因你的一盏茶而免于僵冻，你也该满足了。是这人来——虽然是俗人——你才有机会可以得到布施的福气，你也大可以望天谢恩了。”

怀不世之绝技，目高于顶，不肯在凡夫俗子身上浪费一丝一毫美，当然也没什么不对。但肯起身为风雪中行来的人奉上一杯热茶，看着对方由僵冷而舒活起来，岂不更为感人？只是，前者的境界是绝美的艺术，后者大约便是近于宗教的悲悯淑世之情了。

瑕

付钱的时候，小贩又重复了一次：

“我卖你这玛瑙，再便宜不过了。”

我笑笑，没说话，他以为我不信，又加上一句：

“真的——不过这么便宜也有个缘故，你猜为什么？”

“我知道，它有斑点。”本来不想提的，被他一逼，只好说了，免得他一直啰唆。

“哎呀，原来你看出来了，玉石这种东西有斑点就差了，这串项链如果没有瑕疵，哇，那价钱就不得了啦！”

我取了项链，尽快走开。有些话，我只愿意在无人处小心地、断断续续地、有一搭没一搭地说给自己听：对于这串有斑点的玛瑙，我怎么可能看不出来呢？它的斑痕如此清清楚楚。

然而买这样一串项链是出于一个女子小小的侠气吧，凭什么要说有斑点的东西不好？水晶里不是有一种叫“发晶”的种类吗？虎有纹，豹有斑，有谁嫌弃过它的皮毛不够纯色？

就算退一步说，把这斑纹算瑕疵，此间能把瑕疵如此坦然相呈的人也不多吧？凡是可以坦然相见的缺点就不该算缺点的。纯全完美的东西是神器，可供膜拜。但站在一个女人的观点来看，男人和孩子之所以可爱，正是由于他们那些一清二楚的无所掩饰的小缺点吧？就连一个人对自己本身的接纳和纵容，不也是看准了自己的种种小毛病而一笑置之吗？

所有的无瑕是一样的——因为全是百分之百的纯洁透明，但瑕疵斑点却面目各自不同。有的斑痕像薛苔数点，有的是沙岸逶迤，有的是孤云独走，更有的是铁索横江，玩味起来，反而令人欣然心喜。想起平生好友，也是如此，如果不能知道一两件对方的糗事，不能有一两件可笑可嘲可詈可骂之事彼此打趣，友谊恐怕也会变得空洞吧？

有时独坐细味“瑕”字，也觉悠然意远，瑕字左边是玉旁，是先有玉才有瑕的啊！正如先有美人而后才有“美人痣”。先有英雄，而后有悲剧英雄的缺陷性格（tragic flaw）。缺憾必须依附于完美，独存的缺憾岂有美丽可言，天残地阙，是因为天地都如此美好，才容得修地补天的改造的涂痕。一个“坏孩子”之所以可爱，不也正因为他在撒娇撒赖蛮不讲理之处，有属于一个孩童近乎神明的纯洁了直吗?

瑕的右边是叚，叚有赤红色的意思，瑕的解释是“玉小赤”，我喜欢瑕字的声音，自有一种坦然的不遮不掩的亮烈。

完美是难以冀求的，那么，在现实的人生里，请给我有瑕的真玉，而不是无瑕的伪玉。

画　晴

落了许久的雨，天忽然晴了。心理上就觉得似乎捡回了一批失落的财宝，天的蓝宝石和山的绿翡翠在一夜之间又重现在晨窗中了。阳光倾注在山谷中，如同一盅稀薄的葡萄汁。

我起来，走下台阶，独自微笑着、欢喜着。四下一个人也没有，我就觉得自己也没有了。天地间只有一团喜悦、一腔温柔、一片勃勃然的生气，我走向田畦，就以为自己是一株恬然的菜花。我举袂迎风，就觉得自己是一缕婉转的气流，我抬头望天，却又把自己误以为明灿的阳光。我的心从来没有这样宽广过，恍惚中忆起一节经文："上帝叫日头照好人，也照歹人。"我第一次那样深切地体会到造物的深心，我就忽然热爱起一切有生命和无生命的东西来了。我那样渴切地想对每一个人说声早安。

不知怎的，忽然想起住在郊外的陈，就觉得非去拜访她不可，人在这种日子里真不该再有所安排和计划的。在这种阳光中如果不带有几分醉意，凡事随兴而行，就显得太不调和了。

转了好几班车，来到一条曲折的黄泥路。天晴了，路刚晒干，温温软软的，让人感觉到大地的脉搏。一路走着，不觉到了，我站在竹篱面前，连吠门的小狗也没有一只。门上斜挂了一把小铃，我独自摇了半天，猜想大概是没人了。低头细看，才发现一个极小的铜锁——她也出去了。

我又站了许久，不知道自己该往哪里去。想要留个纸条，却又说不出所以造访的目的。其实我并不那么渴望见她的。我只想消磨一个极好的太阳天，只想到乡村里去看看五谷六畜怎样欣赏这个日子。

抬头望去，远处禾场很空阔，几垛稻草疏疏落落地散布着，颇有些仿古制作的意味。我信步徐行，发现自己正走向一片广场。黄绿不匀的草在我脚下伸展着，奇怪的大石在草丛中散置着。我选了一块比较光滑的斜靠而坐，就觉得身下垫的，和身上盖的都是灼热的阳光。我陶醉了许久，定神环望，才发现这景致简单得不可置信——一片草场，几块乱石。远处唯有天草相粘，近只有好风如水。没有任何名花异草，没有任何仕女云集。但我为什么这样痴呆地坐呢？我是被什么吸引着呢？

我悠然地望着天，我的心就恍然回到往古的年代，那时候必然也是一个久雨后的晴天，一个村野之人，在耕作之余，到禾场上去晒太阳。他的小狗在他的身边打着滚，弄得一身的草。他酣然地躺着，傻傻地笑着，觉得没人经历过这样的幸福。于是，他兴奋起来，喘着气去叩王室的门，要把这宗秘密公布出来。他万没有想到所有听见的人都掩袖窃笑，从此把他当作一个典故来打趣。

他有什么错呢？因为他发现的真理太简单吗？但经过这样多个世纪，他所体味的幸福仍然不是坐在暖气机边的人所能了解的。如果我们肯早日离开阴深黑暗的蛰居，回到热热亮亮的光中，那该多美呢！

头顶上有一棵不知名的树，叶子不多，却都很青翠，太阳的影像从树叶的微隙中筛了下来。暖风过处一满地圆圆的日影都欣然起舞。唉，这样温柔的阳光，对于庸碌的人而言，一生之中又能几遇呢？

坐在这样的树下，又使我想起自己平日对人品的观察。我常常觉得自己的浮躁和浅薄就像"夏日之日"，常使人厌恶、回避。于是在深心之中，总不免暗暗地向往着一个境界——"冬日之日"。那是光明的，却毫不刺眼。是暖热的，却不致灼人。什么时候我才能那样含蕴，那样温柔敦厚而又那样深沉呢？"如果你要我成为光，求你叫我成为这样的光。”

我不禁用全心灵祷求：“不是独步中天，造成气焰和光芒。而是透过灰冷的心，用一腔热忱去温暖一切僵坐在阴湿中的人。”

渐近日午，光线更明朗了，一切景物的色调开始变得浓重。记得读过段成式的作品，独爱其中一句：“坐对当窗木，看移三面阴。”想不到我也有缘领略这秋静趣，其实我所欣赏的，前人已经欣赏了。我所感受的，前人也已经感受了。但是，为什么这些经历依旧是这么深，这么新鲜呢？

身旁有一袋点心，是我顺手买来，打算送给陈的。现在却成了我的午餐。一个人，在无垠的草场上，咀嚼着简单的干粮，倒也是十分有趣。在这种景色里，不觉其饿，却也不觉其饱。吃东西只是一种情趣，一种艺术。

我原来是带了一本词集的，却一直没打开，总觉得直接观赏情景，比间接的观赏要深刻得多。饭后有些倦了，才顺手翻它几页。不觉沉然欲睡，手里还拿着书，人已经恍然踏入另一个境界。

等到醒来，发现几只黑色瘦弱的羊，正慢慢地啮着草，远远的有一个孩子跷脚躺着，悠然地嚼着一根长长的青草。我抛书而起，在草场上迂回漫步。难得这些静的下午，我的脚步声和羊群的啮草声都清晰可闻。回头再看看那曲臂为枕的孩子，不觉有点羡慕他那种“富贵于我如浮云”的风度了。几只羊依旧低头择草，恍惚间只让我觉得它们嚼的不止是草，而是冬天里生发的绿意，以及草场上无边无际的阳光。

日影稍稍西斜了，光辉却仍旧不减，在一天之中，我往往偏爱这一刻。我知道有人歌颂朝云，有人爱恋晚霞，至于耀眼的日升和幽邃的黑夜都惯受人们的钟爱。唯有这样平凡的下午，没有一点彩色和光芒的时刻，常常会被人遗忘。但我却不能自禁地喜爱并且瞻仰这份宁静、恬淡和收敛。我回到自己的位置坐下，茫茫草原，就只交付我和那看羊的孩子吗？叫我们如何消受得完呢？偶抬头，只见微云掠空，斜斜地排着，像一首短诗，像一阕不规则的小令。看着看着，就忍不住发出许多奇想。记得元曲中有一段述说一个人不能写信的理由：“不是无情思，绕青江，买不得天样纸。”而现在，天空的蓝笺已平铺在我头上，我却又苦于没有云样的笔。其实即使有笔如云，也不过随写随抹，何尝尽责描绘造物之奇。至于和风动草，大概本来也想低吟几句云的作品。只是云彩总爱反复地更改着，叫风声无从传布。如果有人学会云的速记，把天上的文章流传几篇到人间，却又该多么好呢。

正在痴想之间，发现不但云朵的形状变幻着，连它的颜色也奇异地转换了。半天朱霞，粲然如焚，映着草地也有三分红意了。不仔细分辨，就像莽原尽处烧着一片野火似的。牧羊的孩子不知何时已把他的羊聚拢了，村落里炊烟袅升，他也就隐向一片暮霭中去了。

我站起身来，摸摸石头还有一些余温，而空气中却沁进几分凉意了。有一群孩子走过，每人抱着一怀枯枝干草。忽然见到我就停下来，互相低语着。

“她有点奇怪，不是吗？”

“我们这里从来没有人来远足的。”

“我知道，”有一个较老成的孩子说，“他们有的人喜欢到这里来画图的。”

“可是，我没有看见她的纸和她的水彩呀！”

“她一定画好了，藏起来了。”

得到满意的结论以后，他们又作一行归去了。远处有疏疏密密的竹林，掩映一角红墙，我望着他们各自走进他们的家，心中不禁怃然若失。想起城市的街道，想起两侧壁立的大厦，人行其间，抬头只见一线天色，真仿佛置身于死荫的幽谷了。而这里，在这不知名的原野中，却是遍地泛滥着阳光。人生际遇不同，相去多么远啊！

我转身离去，落日在我身后画着红艳的圆。而远处昏黄的灯光也同时在我面前亮起。那种壮丽和寒碜成为极强烈的对照。

遥遥地看到陈的家，也已经有了灯光，想她必是倦游归来了，我迟疑了一下，没有走过去摇铃，我已拜望过郊上的晴朗，不必再看她了。

走到车站，总觉得手里比来的时候多了一些东西，低头看看，依然是那一本旧书。这使我忽然迷惑起来，难道我真的携有一张画吗？像那个孩子所说的："画好了，藏起来了！"

归途上，当我独行在黑茫茫的暮色中，我就开始接触那幅画了。它是用淡墨染成晴郊图，画在平整的心灵素宣上，在每一个阴黑的地方向我展示。

木棉花

所有开花的树看来都该是女性的，只有木棉花是男性的。

木棉树又干又皱，不知为什么，它竟结出那么雪白柔软的木棉，并且以一种不可思议的优美风度，缓缓地自枝头飘落。

木棉花大得骇人，是一种耀眼的橘红色，开的时候连一片叶子的衬托都不要，像一碗红曲酒，斟在粗陶碗里，火烈烈的，有一种不讲理的架势，却很美。

树枝也许是干得狠了，根根都麻皱着，像一只曲张的手——肱是干的，臂是干的，连手肘、手腕、手指头和手指甲都是干的——向天空讨求着什么，撕抓些什么。而干到极点时，树枝爆开了，木棉花几乎就像是从干裂的伤口里吐出来的火焰。

木棉花常常长得极高，那年在广州初见木棉树，不知是不是因为自己年纪特别小，总觉得那是全世界最高的一种树了，广东人叫它英雄树。初夏的公园里，我们疲于奔命地去接拾那些新落的木棉，也许几丈高的树对我们是太高了些，竟觉得每团木棉都是晴空上折翼的云。

木棉落后，木棉树的叶子便逐渐浓密起来，木棉树终于变得平凡了，大家也都安下一颗心，至少在明春以前，在绿叶的掩覆下，它不会再暴露那种让人焦灼的奇异的美了。

行道树

每天，每天，我都看见他们，他们是已经生了根的——在一片不适于生根的土地上。

有一天，一个炎热而忧郁的下午，我沿着人行道走着，在穿梭的人群中，听自己寂寞的足音。忽然，我又看到他们，忽然，我发现，在树的世界里，也有那样完整的语言。

我安静地站住，试着去了解他们所说的一则故事：

我们是一列树，立在城市的飞尘里。

许多朋友都说我们是不该站在这里的，其实这一点，我们知道得比谁都清楚。我们的家在山上，在不见天日的原始森林里。而我们居然站在这儿，站在这双线道的马路边，这无疑是一种堕落。我们的同伴都在吸露，都在玩凉凉的云。而我们呢？我们唯一的装饰，正如你所见的，是一身抖不落的煤烟。

是的，我们的命运被安排定了，在这个充满车辆与烟囱的工业城里，我们的存在只是一种悲凉的点缀。但你们尽可以节省下你们的同情心，因为，这种命运事实上也是我们自己的选择——否则我们不必在春天勤生绿叶，不必在夏日献出浓荫。神圣的事业总是痛苦的，但是，也唯有这种痛苦能把深度给予我们。

当夜来的时候，整个城市里都是繁弦急管，都是红灯绿酒。而我们在寂静里，我们在黑暗里，我们在不被了解的孤独里。但我们苦熬着把牙龈咬得酸疼，直等到朝霞的旗冉冉升起，我们就站成一列致敬——无论如何，我们这城市总得有一些人迎接太阳！如果别人都不迎接，我们就负责把光明迎来。

这时，或许有一个早起的孩子走过来，贪婪地呼吸着鲜洁的空气，这就是我们最自豪的时刻了。是的，或许所有的人早已习惯于污浊了，但我们仍然固执地制造着不被珍惜的清新。

落雨的时分也许是我们最快乐的，雨水为我们带来故人的消息，在想象中又将我们带回那无忧的故林。我们就在雨里哭泣着，我们一直深爱着那里的生活——虽然我们放弃了它。

立在城市的飞尘里，我们是一列忧愁而又快乐的树。

故事说完了，四下寂然。一则既没有情节也没有穿插的故事，可是，我听到他们深深的叹息。我知道，那故事至少感动了他们自己。然后，我又听到另一声更深的叹息——我知道，那是我自己的。

西湖十景

如果有幸到杭州的西湖去玩，如果有幸，站在一个视野最好的角度，请问，你能不能放眼望去，把西湖十景，都收到眼底呢？

答案是：“不能！”

为什么？

世上没有一个景致可以在一刹那间得到它全部精华。请问，你怎么可能同时看到“平湖秋月”和“苏堤春晓”呢？那至少需要用掉一个清凉美丽的春天早上和一个幽静深远的秋天夜晚才能欣赏到的。至于“柳浪闻莺”和“断桥残雪”在时间上也是绝对不可能同时兼得的景致。“雷峰夕照”和“三潭印月”时间上虽然相距不远，但毕竟一个在黄昏一个在夜晚。“南屏晚钟”要最安静的慧心才能听到，“曲院风荷”要有风的时候，才能领略。像西湖这种天地钟灵的地方，哪里只是随随便便就可以一眼看穿的？

你要怎样才能探索到比较完整的西湖的美呢？答

案是，时间。

不管你多么有钱。不管可以坐怎样的交通工具，不管你身后跟着多少侍从，你仍然没有办法在欣赏平湖秋月的同时看到断桥残雪。

西洋人有一句谚语说：

“即使上帝，也不能在三个月里造出一株百年橡树。”

更确切一点说，恐怕是上帝不喜欢一株速成的百年橡树。连上帝也喜欢按部就班地用百年的岁月来完成一棵百年橡树呢！

我 有

那一下午回家，心里好不如意，坐在窗前，禁不住地怜悯起自己来。

窗棂间爬着一溜紫藤，隔着青纱和我对坐着，在微凉的秋风里和我互诉哀愁。

事情总是这样的，你总得不到你所渴望的公平。你努力了，可是并不成功，因为掌握你成功的是别人，而不是你自己。我也许并不稀罕那份成功，可是，心里总不免有一份受愚的感觉。就好像小时候，你站在糖食店的门口，那里有一份抽奖的牌子，你的眼睛望着那最大最漂亮的奖品，可是你总抽不着，你袋子里的镍币空了，可是那份希望仍然高高地悬着。直到有一天，你忽然发现，事实上根本没有那份奖品，那些藏在一排红纸后面的签全是些空白的或者是近于空白的小奖。

那串紫藤这些日子以来美得有些神奇，秋天里的花就是这样的，不但美丽，而且有那一份凄凄艳艳的韵味。风一过的时候，醉红乱旋，把怜人的红意都荡到隔窗的小室中来了。

唉，这样美丽的下午，把一腔怨烦衬得更不协调了。可恨的还不止是那些事情的本身，更有被那些事扰乱得不再安宁的心。

翠生生的叶子簌簌作响，如同檐前的铜铃，悬着整个风季的音乐。这音乐和蓝天是协调的，和那一滴滴晶莹的红也是协调的——只是和我受愚的心不协调。

其实我们已经受愚多次了，而这么多次，竟没有能改变我们的心，我们仍然对人抱着孩子式的信任，仍然固执地期望着良善，仍然宁可被人负，而不负人，所以，我们仍然容易受伤。

我们的心敞开，为要迎一只远方的青鸟，可是扑进来的总是蝙蝠，而我们不肯关上它，我们仍然期待着青鸟。

我站起身，眼前的绿烟红雾缭绕着。使我有着微微眩昏的感觉，遮不住的晚霞破墙而来，把我罩在大教堂的彩色玻璃下，我在那光辉中立着，洒金的分量很沉重地压着我。

“这些都是你的，孩子，这一切。”

一个遥远而又清晰的声音穿过脆薄的叶子传来，很柔和，很有力，很使我震惊。

“我的?”

“你的，我给了你很久了。”

“唔,”我说,“我不知道。”

“我晓得,”他说，声音里流溢着悲悯,“你太忙。”

我哭了，虽然没有责备。

等我抬起头来的时候，那声音便悄悄隐去了，只有柔和的晚风久久不肯散去。我疲倦地坐下去，疲于一个下午的怨怒。

我真是很愚蠢的——比我所想象的更愚蠢，其实我一直是这么富有的，我竟然茫无所知，我老是计较着，老是不够洒脱。

有微小的钥匙转动的声音，是他回来了。他总是想偷偷地走进来，让我有一个小小的惊喜，可是他办不到，他的步子又重又实，他就是这样的。

现在他是站在我的背后了，那熟悉的皮夹克的气息四面袭来，把我沉在很幸福的孩童时期的梦幻里。

“不值得的。”他说,“为那些事失望是太廉价了。”

“我晓得,”我玩着一裙阳光喷射的洒金点子,“其实也没有什么。”

“人只有两种，幸福的和不幸福的，幸福的人不能因不幸的事变成不幸福，不幸福的人也不能因幸运的事变成幸福。”

他的目光俯视着，那里面重复地写着一行最美丽的字眼，我立刻再一次知道我是属于哪一类了。

“你一定不晓得的，”我怯怯地说，“我今天才发现，我有好多东西。”

“真的那么多吗？”

“真的，以前我总觉得那些东西是上苍赐予全人类的，但今天我知道，那是我的，我一个人的。”

“你好富有。”

“是的，很富有，我的财产好殷实，我告诉你我真的相信，如果今天黄昏时宇宙间只有我一个人，那些晚霞仍然会排铺在天上的，那些花儿仍然会开成一片红色的银河系的。”

忽然我发现那些柔柔的须茎开始在风中探索，多么细弱的挣扎，那些卷卷的绿意随风上下，一种撼人的生命律动。从窗棂间望出去，晚霞的颜色全被这些纤纤约约的小触须给抖乱了，乱得很鲜活。

生命是一种探险，不是吗？那些柔弱的小茎能在风里成长，我又何必在意长长的风季？

忽然，我再也想不起刚才忧愁的真正原因了。我为自己的庸俗愕然了好一会。

有一堆温柔的火焰从他双眼中升起。我们在渐冷的暮色里互望着。

“你还有我，不要忘记。”他的声音有如冬夜的音乐，把人圈在一团遥远的烛光里。

我有着的，这一切我一直有着的，我怎么会忽略呢？那些在秋风里犹为我绿着的紫藤，那些虽然远在天边还向我粲然的红霞，以及那些在一凝注间的爱情，我还能要求些什么呢？

那些叶片在风里翻着浅绿的浪，如同一列编磬，敲出很古典的音色。我忽然听出，这是最美的一次演奏，在整个长长的秋季里。

初　心

“初，裁衣之始也。”文字学的书上如此解释。

人生一世，亦如一匹辛苦织成的布，一刀下去，一切就都裁就了。

初哉首基肇祖元胎……

因为书是新的，我翻开来的时候也就特别慎重。书本上的第一页第一行是这样的：“初、哉、首、基、肇、祖、元、胎……始也。”

那一年，我十七岁，望着《尔雅》这部书的第一句话而愕然，这书真奇怪啊！把“初”和一堆“初的同义词”并列卷首，仿佛立意要用这一长串“起始”之类的字来作整本书的起始。

也是整个中国文化的起始和基调吧？我有点敬畏起来了。

想起另一部书，《圣经》，也是这样开头的：

“起初，上帝创造天地。”

真是简明又壮阔的大笔，无一语修饰形容，却是元气淋漓，如洪钟之声，震耳贯心，令人读着读着竟有坐不住的感觉，所谓壮志陡生，有天下之志，就是这种心情吧！寥寥数字，天工已竟，令人想见日之初升，海之初浪，高山始突，峡谷乍降及大地寂然等待小草涌腾出土的刹那！

而那一年，我十七，刚入中文系，刚买了这本古代第一部字典《尔雅》，立刻就被第一页第一行迷住了，我有点喜欢起文字学来了，真好，中国人最初的一本字典（想来也是世人的第一本字典），它的第一个字就是“初”。

“初，裁衣之始也。”文字学的书上如此解释。

我又大为惊动，我当时已略有训练，知道每一个中国文字背后都有一幅图画，但这“初”字背后不止一幅画，而是长长的一幅卷轴。想来当年造字之人初造“初”字的时候，也是煞费苦心之余的神来之笔。“初”这件事无形可绘，无状可求，如何才能追踪描摹？

他想起了某个女子的动作，也许是母亲，也许是妻子，那样慎重地先从纺织机上把布取下来，整整齐齐的一匹布，她手握剪刀，当窗而立，她屏息凝神，考虑从哪里下刀，阳光把她微微毛乱的鬓发渲染成一轮光圈。她用神秘而多变的眼光打量着那整匹布，仿佛在主持一项典礼。其实她努力要决定的只不过是究竟该先做一件孩子的小衫好呢，还是先裁自己的一幅裙子？一匹布，一如渐渐沉黑的黄昏，有一整夜的美可以预期——当然，也有可能是噩梦，但因为有可能成为噩梦，美梦就更值得去渴望——而在她思来想去的当际，窗外陆陆续续流溢而过的是初春的阳光，是一批一批的风，是雏鸟拿捏不稳的初鸣，是天空上一匹复一匹不知从哪一架纺织机里卷出的浮云。

那女子终于下定决心，一刀剪下去，脸上有一种近乎悲壮的决然。

“初”字，就是这样来的。

人生一世，亦如一匹辛苦织成的布，一刀下去，一切就都裁就了。

整个宇宙的成灭，也可视为一次女子的裁衣啊！我爱上“初”这个字，并且提醒自己每清晨都该恢复为一个“初人”，每一刻，都要维护住那一片初心。

初发芙蓉

《颜延之传》里这样说："延之尝问鲍照，己与灵运优劣。照曰：'谢五言诗如初发芙蓉，自然可爱；君诗如铺锦列绣，亦雕缋满眼。'"

六朝人说的芙蓉便是荷花，鲍照用"初发芙蓉"比谢灵运，实在令人羡慕，其实"像荷花"不足为奇，能像"初发芙蓉"才令人神思飞驰。灵运一生独此四字，也就够了。

后来的文学批评也爱沿用这字眼，周济（介存斋）《论词杂著》论晚唐韦庄的词便说："端己词清艳绝伦，初日芙蓉春日柳，使人想见风度。"

中国人没有什么"诗之批评"或"词之批评"，只有"诗话""词话"，而词话好到如此，其本身已凝聚饱实，全华丽如一则小令。

清露晨流新桐初引

《世说新语》里有一则故事，说到王恭和王忱原是好友，以后却因政治上的芥蒂而分手。只是每次遇见良辰美景，王恭总会想到王忱。面对山石流泉，王忱便恢复为王忱，是一个精彩的人，是一个可以共享无限清机的老友。

有一次，春日绝早，王恭独自漫步到幽极胜极之处，书上记载说："于时清露晨流，新桐初引。"

那被人爱悦，被人誉为"濯濯如春月柳"的王恭忽然怅怅然冒出一句："王大故自濯濯。"语气里半是生气半是爱惜，翻成白话就是："唉，王大那家伙真没话说——实在是出众！"

不知道为什么，作者在描写这段微妙的人际关系时，把周围环境也一起写进去了。而使我读来怦然心动的也正是那段"于时清露晨流，新桐初引"的附带描述。也许不是什么惊心动魄的大景观，只是一个序幕初启的清晨，只是清晨初初映着阳光闪烁的露水，只是露水装点下的桐树初初抽了芽，遂使得人也变得纯洁灵明起来，甚至强烈地怀想起那个有过嫌隙的朋友。

李清照大约也是被这光景迷住了，所以她的《念奴娇》里竟把"清露晨流，新桐初引"的句子全搬过去了。一颗露珠，从六朝闪到北宋，一叶新桐，在安静的扉页里晶薄透亮。

我愿我的朋友也在生命中最美好的片刻想起我来。在一切天清地廓之时，在叶嫩花初之际，在霜之始凝，夜之始静，果之初熟，茶之方馨；在船之启碇，鸟之回翼，在婴儿第一次微笑的刹那，想及我。

如果想及我的那人不是朋友，而是敌人（如果我有敌人的话），那也好——不，也许更好，嫌隙虽深，对方却仍会想及我，必然因为我极为精彩的缘故。当然，也因为一片初生的桐叶是那么好，好得足以让人有气度去欣赏仇敌。

炎　凉

我有一张竹席，每到五六月，天气渐趋暖和，暑气隐隐待作，我就把它找出来，用清茶的茶叶渣拭净了，铺在床上。

一年里面第一次使用竹席的感觉极好，人躺下去，如同躺在春水湖中的一叶小筏子上。清凉一波波来拍你入梦，竹席恍惚仍饱含着未褪尽的竹叶清香。

生命中的好东西往往如此，极便宜又极耐用。我可以因一张席而爱一张床，因一张床而爱一栋屋子，因一栋屋子爱上一个城……

整个初夏，肌肤因贴近那清凉的卷云而舒缓自如。触觉之美有如闻高士说法，凉意沦肌浃髓而来。古人形容喻道之透辟，谓一时如天女散花。天女散花是由上而下，轻轻撒落——花瓣触人，没有重量，只有感觉。但人生某些体悟却是由下而上，仿佛有仙云来轻轻相托，令人飘然升浮。凉凉的竹席便有此功。一领清簟可以把人沉淀下来，静定下来，像空气中热腾腾的水雾忽然凝结在碧沁沁的一茎草尖而终于成为露珠。人在席上，也是如此。阿拉伯人牧羊，他们故事里的羊毛毯是可以飞的。中国人种地，对植物比较亲切。中国人用植物编织席子不飞——中国人想，飞了干吗呀？好好地躺在席子上不比飞还舒服吗？中国圣贤叫人拯救人民，其过程也无非是由“出民水火”到“登民衽席”。总之，世界上最好的事莫过于把自己或别人放在席子上了。初夏季节的我便如此心满意足地躺在我的竹席上。

可惜好景不长，到了七八月盛夏，情形就不一样了。刚躺下去还好，多躺一会儿，席子本身竟然也变热了。凉席会变热，天哪，这真是人间惨事。为了环保，我睡觉不用冷气，于是只好静静地和热浪僵持对抗。我反复对自己说：“不热，不算太热，我还可以忍受，这也没什么大不了，哼，谁怕谁啊……”念着念着，也就睡着了。

然后，便到了九月，九月初席子又恢复了清凉。躺在席上，整个人摊开，霎时变成了片状，像一块金子捶成薄薄的金箔，我贪享那秋霜零落的错觉。

九月中，每每在一场冷雨之后，半夜乍然惊醒，是被背上的沁凉叫醒的——唉，这凉席明天该收了。我在黑暗中揣想，竹席如果有知，也会厌苦不已吧？

七月嫌它热，九月又嫌它凉，人类也真难伺候。

想来一生或者也如此，曾经嫌日程排得太紧，曾经怨事情做个不完，曾经烦稿约演讲约不断，曾经大叹小孩子缠磨人……可是，也许，有一天，一切热过的都将乍然冷却下来，令人不觉打起寒战。

不过，也只好这样吧！让席子在该铺开的时候铺开，在该收卷的时候收卷。炎凉，本来就半点由不得人的。

我交给你们一个孩子

小男孩走出大门，返身向四楼阳台上的我招手，说：“再见！”

那是好多年前的事了，那个早晨是他开始上小学的第二天。

我其实仍然可以像昨天一样，再陪他一次，但我却狠下心来，看他自己单独去了。他有属于他的一生，是我不能相陪的，母子一场，只能看作一把借来的琴弦，能弹多久，便弹多久，但借来的岁月毕竟是有其归还期限的。

他欣然地走出长巷，很听话地既不跑也不跳，一副循规蹈矩的模样。我一个人怔怔地望着巷子下细细的朝阳而落泪。

想大声地告诉全城市，今天早晨，我交给你们一个小男孩，他还不知恐惧为何物，我却是知道的，我开始恐惧自己有没有交错？

我把他交给马路，我要他遵守规矩沿着人行道而行，但是，匆匆的路人啊，你们能够小心一点吗？不要撞倒我的孩子，我把我的至爱交给了纵横的道路，容许我看见他平平安安地回来。

我不曾搬迁户口，我们不要越区就读，我们让孩子读本区内的国民小学而不是某些私立明星小学，我努力去信任自己的教育当局，而且，是以自己的儿女为赌注来信任——但是，学校啊，当我把我的孩子交给你，你保证给他怎样的教育？今天清晨，我交给你一个欢欣诚实又颖悟的小男孩，多年以后，你将还我一个怎样的青年？

他开始识字，开始读书，当然，他也要读报纸、听音乐或看电视、电影，古往今来的撰述者啊，各种方式的知识传递者啊，我的孩子会因你们得到什么呢？你们将饮之以琼浆，灌之以醍醐，还是哺之以糟粕？他会因而变得正直、忠信，还是学会奸猾、诡诈？当我把我的孩子交出来，当他向这世界求知若渴，世界啊，你给他的会是什么呢？

世界啊，今天早晨，我，一个母亲，向你交出她可爱的小男孩，而你们将还我一个怎样的呢！

念你们的名字

——寄阳明医学院大一新生

孩子们，这是八月初的一个早晨，美国南部的阳光舒迟而透明，流溢着一种让久经忧患的人鼻酸的、古老而宁静的幸福。助教把期待已久的发榜名单寄来给我，一百二十个动人的名字，我逐一地念着，忍不住覆手在你们的名字上，为你们祈祷。

在你们未来漫长的七年医学教育中，我只教授你们八个学分的国文，但是，我渴望能教你们如何做一个人——以及如何做一个中国人。

我愿意再说一次，我爱你们的名字，名字是天下父母满怀热望的刻痕，在万千中国文字中，他们所找到的是一两个最美丽、最醇厚的字眼——世间每一个名字都是一篇简短质朴的祈祷！

“林逸文”“唐高骏”“周建圣”“陈震寰”，你们的父母多么期望你们是一个出类拔萃的孩子。“黄自强”“林敬德”“蔡笃义”，多少伟大的企盼在你们身上。“张鸿仁”“黄仁辉”“高泽仁”“陈宗仁”“叶宏仁”“洪仁政”，说明了儒家传统对仁德的向往。“邵国宁”“王为邦”“李建忠”“陈泽浩”“江建中”，显然你们的父母曾把你们奉献给苦难的中国。“陈怡苍”“蔡宗哲”“王世尧”“吴景农”“陆恺”，含蕴着一个古老圆融的理想。我常惊讶，为什么世人不能虔诚地细味另一个人的名字？为什么我们不懂得恭敬地省察自己的名字？每一个名字，不论雅俗，都自有它的哲学和爱心。如果我们能用细腻的领悟力去叫别人的名字，我们便能学会更多的互敬和互爱，这世界也可以因此而更美好。

这些日子以来，也许你们的名字已成为乡梓邻里间一个幸运的符号，许多名望和财富的预期已模模糊糊和你们的名字联在一起，许多人用钦慕的眼光望着你们，一方无形的匾已悬在你们的眉际。有一天，“医生”会成为你们的第二个名字，但是，孩子们，什么是医生呢？一件比常人更白的衣服？一笔比平民更饱胀的月入？一个响亮荣耀的名字？孩子们，在你们不必讳言的快乐里，抬眼望望你们未来的路吧！

什么是医生呢？孩子们，当一个生命在温湿柔韧的子宫中悄然成形时，你，是第一个宣布这神圣事实的人。当那蛮横的小东西在尝试转动时，你，是第一个窥得他在另一个世界的心跳的人。当他陡然冲入这世界，是你的双掌，接住那华丽的初啼。是你，用许多防疫针把成为正常的权利给了婴孩。是你，辛苦的拉动一个初生儿的船纤，让他开始自己的初航。当小孩半夜发烧时，你是那些母亲理直气壮打电话的对象。一个外科医生常像周公旦一样，是一个在简单的午餐中三次放下食物走进急救室的人。有的时候，也许你只需为病人擦一点红药水，开几颗阿司匹林，但也有时候，你必须为病人切开肌肤，拉开肋骨，拨开肺叶，将手术刀伸入一颗深藏在胸腔中的鲜红心脏。你甚至有的时候必须忍受眼看血癌吞噬一个稚嫩无辜的孩童而束手无策的裂心之痛！一个出名的学者来见你的时候，可能只是一个脾气暴烈的牙痛病人；一个成功的企业家来见你的时候，可能只是一个气结的哮喘病人；一个伟大的政治家来见你的时候，也许什么都不是，他只剩下一口气，拖着一个中风后瘫痪的身体；挂号室里美丽的女明星，或者只是一个长期失眠、精神衰弱、有自杀倾向的患者——你陪同病人经过生命中最黯淡的时刻，你倾听垂死者最后的一声呼吸，探察他的最后一次心跳。你开列出生证明书，你在死亡证明书上签字，你的脸写在婴儿初闪的瞳仁中，也写在垂死者最后的凝望里。你陪同人类走过生老病死，你扮演的是一个怎样的角色啊！一个真正的医生怎能不是一个圣者。

事实上，作为一个医者的过程正是一个苦行僧的过程，你需要学多少东西才能免于自己的无知，你要保持怎样的荣誉心才能免于自己的无行，你要几度犹豫才能狠下心拿起解剖刀切开第一具尸体，你要怎样自省才能在千万个病人之后免于职业性的冷静和无情。在成为一个医治者之前，第一个需要被医治的，应该是我们自己。在一切的给予之前，让我们先成为一个“拥有”的人。

孩子们，我愿意把那则古老的“神农氏尝百草”的神话再说一遍，《淮南子》上说：“古者民茹草饮水，采树木之实，食蠃蜕之肉，时多疾病毒伤之害。于是神农乃始教民播种五谷，……尝百草之滋味，水泉之甘苦，令民知所辟就，当此之时，一日而遇七十毒。”

神话是无稽的，但令人动容的是一个行医者的投入精神。以及那种人饥己饥、人溺己溺、人病己病的同情。身为一个现代的医生当然不必一天中毒七十余次，但贴近别人的痛苦，体谅别人的忧伤，以一个单纯的“人”的身份，恻然地探看另一个身罹疾病的“人”，仍是可贵的。

记得那个“悬壶济世”的故事吗？“市中有老翁卖药，悬一壶于肆头，及市罢，辄跳入壶中，市人莫之见。”——那老人的药事实上应该解释成他自己。孩子们，这世界上不缺乏专家，不缺乏权威，缺乏的是一个“人”，一个肯把自己给出去的人。当你们帮助别人时，请记得医药是有时而穷的，唯有不竭的爱能照亮一个受苦的灵魂。古老的医术中不可缺的是“探脉”，我深信那样简单的动作里蕴藏着一些神秘的象征意义，你们能否想象用一个医生敏感的指尖去探触另一个人脉搏的神圣画面。

因此，孩子们，让我们怵然自惕，让我们清醒地推开别人加给我们的金冠，而选择长程的劳瘁。诚如耶稣基督所说：“非以役人，乃役于人。”真正伟人的双手并不浸在甜美的花汁中，它们常忙于处理一片恶臭的脓血。真正伟人的双目并不凝望最翠拔的高峰，它们常低俯下来查看一个卑微的贫民的病容。孩子们，让别人去享受“人上人”的荣耀，我只祈求你们善尽“人中人”的天职。

我曾认识一个年轻人，多年后我在纽约遇见他，他开过计程车，做过跑堂，用过各式各样的生存手段——他仍在认真地念社会学，而且还在办杂志。一别数年，恍如隔世，但最安慰的是当我们一起走过曼哈顿的时候，他无愧地说：“我还保持着我当年那一点对人的关怀，对人的好奇，对人的执着。”其实，不管我们研究什么，可贵的仍是那一点点对人的诚意。我们可以用赞叹的手臂拥抱一千条银河，但当那灿烂的光流贴近我们的前胸，其中最动人的音乐仍是一分钟七十二响的雄浑坚实如祭鼓的人类的心跳！孩子们，尽管人类制造了许多邪恶，人体还是天真的、可尊敬的奥秘的神迹。生命是壮丽的、强悍的，一个医生不是生命的创造者——他只是协助生命神迹保持其本然秩序的人。孩子们，请记住，你们每一天所遇见的不仅是人的“病”，也是病的“人”，是人的眼泪，人的微笑，人的故事。孩子们，这是怎样的权利！

长窗外是软碧的草茵，孩子们，你们的名字浮在我心中，我浮在四壁书香里，书浮在暗红色的古老图书馆里，图书馆浮在无际的紫色花浪间，这是一个美丽的校园。客中的岁月看尽异国的异景，我所缅怀的仍是台北三月的杜鹃。孩子们，我们不曾有一个古老幽美的校园，我们的校园等待你们的足迹使之成为美丽。

孩子们，求全能者以广大的天心包覆你们，让你们懂得用爱心去托住别人。求造物主给你们内在的丰富，让你们懂得如何去分给别人。某些医生永远只能收到医疗费，我愿你们收到的更多——我愿你们收到别人的感念。

念你们的名字，在乡心隐动的清晨。我知道有一天将有别人念你们的名字，在一片黄沙飞扬的乡村小路上，或是曲折迂回的荒山野岭间，将有人以祈祷的嘴唇，默念你们的名字。

谁敢？

那句话，我是在别人的帽徽上读到的，一时找不出好的翻译，就照英文写出来，把图钉按在研究室的绒布板上，那句话是：Who dares，wins.（勉强翻，也许可以说："谁敢，就赢！"）

读别人帽徽上的话，好像有点奇怪，我却觉得很好，我喜欢读白纸黑字的书，但更喜欢写在其他素材上的话。像铸在洗濯大铜盘上的"苟日新、日日新、又日新"。像清风过处，翻起文天祥的囚衣襟带上一行"孔曰成仁，孟曰取义……读圣贤书，所学何事……"。像古埃及的墓石上刻的"我的心，还没有安睡"。喜欢它们，是因为那里面有呼之欲出的故事。而这帽徽上的字亦自有其来历，它是英国第二十二特种空勤部队（简称 SAS）的队标（如果不叫"队训"的话）。这个兵团很奇怪，专门负责不可能完成的任务，1980 年那年，他们在伦敦太子门营救被囚于伊朗大使馆里的人质。不到十五分钟，便制伏了恐怖分子，救出十九名人质。至今没有人看到这些英雄的面目，他们行动时一向戴着面套，他们的名字也不公布，他们是既没有名字也没有面目的人，世人只能知道他们所做的事情。

“Who dares，wins.”

这样的句子绣在帽徽上真是沸扬如法螺，响亮如号钹。而绣有这样一句话的帽子里面，其实藏有一颗头颅，一颗随时准备放弃的头颅。看来，那帽徽和那句话恐怕常是以鲜血为插图为附注的吧！

我说这些干什么？

我要说的是任何行业里都可以有英雄。没有名字，没有面目，但却是英雄。那几个字钉在研究室的绒布板上，好些年了，当时用双钩钩出来的字迹早模糊了，但我偶然驻笔凝视之际，仍然气血涌动，胸臆间鼓荡起五岳风雷。

医者是以众生的肉身为志业的，而“肉身”在故事里则每是几生几世修炼的因缘，是福慧之所凝聚，是悲智之所交集，一个人既以众生的肉身为务，多少也该是大英雄大豪杰吧？

我所以答应去四湖领队，无非是想和英雄同行啊！“谁敢，就赢！”医学院里的行者应该是勇敢的，无惧于课业上最大的难关，无惧于漫漫长途间的困顿颠踬，勇于在砾土上生根，敢于在砾土上生根，敢于把自己豁向茫茫大荒。在英雄式微的时代，我渴望一见以长剑辟开榛莽，一骑遍走天下的人。四湖归来，我知道昔日山中的一小注流泉已壮为今日的波澜，但观潮的人总希望看到一波复一波的浪头，腾空扑下，在别人或见或不见之处，为岩岬开出雪白的花阵。但后面的浪头呢，会及时开拔到疆场上来吗？

谁敢，就赢。

敢于构思，敢于投身，敢于自期自许，并且敢于无闻。

敢于投掷生命的，如SAS会赢得一番漂亮的战果。敢于深植生命如一粒麦种的阳明人，会发芽窜出，赢得更丰盈饱满的生命。有人敢吗？

我渴望赢

我渴望赢，有人说人是为胜利而生的，不是吗？

极幼小的时候，大约三岁吧，因为听外婆说一句故乡的成语“吃辣——当家”，就猛吃了几大口辣椒，权力欲之炽，不能说不惊人了。如果我是英国贵族，大约会热衷养马赛马吧？如果是中国太平时代的乡绅，则不免要跟人斗斗蟋蟀，但我是个在台湾长大的小孩，习惯上只能跟人比功课。小学六年级，深夜，还坐在同学家的饭厅里恶补，补完了，睁开倦眼，摸黑走夜路回家。升学这一仗是不能输的，奇怪的是那么小的年纪，也很诡诈的，往往一面偷偷读书，一面又装出视死如归的气概，仿佛自己全不在乎。

考取北一女中是第一场小赢。

而在家里，其实也是霸气的，有一次大妹执意要母亲给她买两支水彩笔，我大为光火，认为她只需借用我的那支旧笔就可以了，而母亲居然听了她的话去为她买来了，我不动声色，第二天便要求母亲给我买四支。“为什么要那么多?”“老师说的!”我决不改口,其实真正的理由是,我在生气,气妹妹不知节俭,好,要浪费,就大家一起来浪费,你要两支,我就偏要四支,我是不能输给别人的!

母亲果然去买了四支笔,不知为什么,那四支笔仿佛火钳似的,放在书包里几乎要烫着人,我暗暗立誓,从今以后,不要再为自己去斗气争胜了,斗赢了又如何呢?

有一天,在小妹的书桌前看到一张这样的纸条:

下次考试:数学要赢×××,国文要赢×××,英文要赢×××……

不觉失笑,争强斗胜,一至于此,不但想要夺总冠军,而且想一项一项去赢过别人,多累人啊——然而,妹妹当年活着便是要赢这一场艰苦的仗。

至于我自己,后来果真能淡然吗?有的时候,当隐隐的鼓声扬起,我不觉又执矛挺身,或是写一篇极难写的文章,或是跟“在上位者”争一件事情。争赢求胜的心仍在,但真正想赢过的往往竟是自己,要赢过自己的私心和愚蠢。

行年渐长,对一己的荣辱渐渐不以为意了,却像一条龙一样,有其颈项下不可批的逆鳞,我那不可碰不可批的东西是“中国”。不是地理上的那块版图,而是我胸中的这块隐痛：当我俯饮马来西亚马六甲的郑和井，当我行经马尼拉的华人坟场，当我在纽约街头看李鸿章手植的绿树，当我在哈佛校区里抚摸那驮碑的赑屃，当我在韩国的庆州看汉瓦当，在香港的新界看邓围，当我在泰北山头看赤足的孩子凌晨到学校去，赶在上泰国政府规定的泰文课之前先读中文……我所渴望赢回的是故园的形象，是散在全世界有待像拼图一般聚拢来的中国。

有一个名字不容任何人污蔑，有一个话题绝不容别人占上风，有一份旧爱不准他人来置喙。总之，只要听到别人的话锋似乎要触及我的中国了，我会一面谦卑地微笑，一面拔剑以待，只要有一言伤及它，我会立刻挥剑求胜，即使为剑刃所伤亦在所不惜。

上天啊，让我们赢吧！我们是为赢而生的，必要时也可以为赢而死，因此，其他的选择是不存在的，在这唯一的奋争中给我们赢——或者给我们死。

林中杂想

一

我躺在树林子里看《水浒传》。

事情是这样开始的，暑假前，我答应学生“带队”，所谓带队，是指带“医疗服务队”到四湖乡去。起先倒还好，后来就渐渐不怎么好了。原来队上出了一位“学术气氛”极浓的副队长，他最先要我们读胡台丽的《媳妇入门》，这倒罢了，不料他接着又一口气指定我们读杨懋春的《乡村社会学》、吴相湘的《晏阳初传》、苏兆堂翻译的《小龙村》等等。这些书加起来怕有一尺高，这家伙也太烦人了，这样下去，我们医学院的同学都有成为人类学家和社会学家的危险。

奇怪的是口里虽嘟嘟囔囔地抱怨，心里却也动心，甚至下决心要去看一本早就想看的萨孟武的《〈水浒传〉与中国社会》。问题是要看这本书就该把《水浒传》从头再看一遍。当时就把这本厚厚的章回小说塞进行囊，一路同去四湖。

而此时，我正躺在林子里看《水浒传》，林子是一片木麻黄，有几分像好汉出没的黑松林，这里没有好汉，奇怪的是倒有一批各自说着乡音的退伍军人（在这遍地海口腔的台西地带，哪来的老兵呢?），正横七竖八地躺在石凳上纳凉，我睡的则是一张舒服的折床，是刚才一个妇人让给我的，她说：

“喂，我要回家吃饭了，小姐，你帮我睡好这张床。”

咦，世间竟有如此好事，我当时把内含巨款的皮包拿来当枕头（所谓“巨款”，其实也只有五千元，我一向不爱多带钱，这一次例外，因为自觉是“领队老师”，说不定队上有“不时之需”），舒舒服服躺下，看我的《水浒传》。当时我也刚吃过午饭，太阳正当头，但经密密的木麻黄一过滤，整个林子阴阴凉凉的，像一碗柠檬果冻。

我正看到二十八回，武松被刺配两千里外的孟州，路上其实他尽有机会逃跑，他却宁可把松下的枷重新戴上，把封皮贴上，一步步自投孟州而来。

二

一路看下去，不能不叫痛快，武松那人容易让人记得的是景阳冈打虎的那一段。现在自己人大了，回头看那一段，倒也不觉可贵，他当时打虎，其实也是非打不可，不打就被虎吃，所以就打了，此外看不出他有什么高贵动机，只能证明，他是天生的拳击好手罢了。倒是二十八回里做了囚徒的武松，处处透出洒脱的英雄骨气。

初到配军，照例须打一百杀威棒，武松既不去送人情，也不肯求饶，只大声大气说：

“都不要你众人闹动。要打便打！我若是躲闪一棒的，不是打虎好汉！从先打过的都不算，从新再打起！我若叫一声，便不是阳谷县为事的好男子！”——两边看的人都笑道：“这痴汉弄死！且看他如何熬——”

武松不肯折了好汉的名，仍然嚷道：

“要打便打毒些，不要人情棒儿，打我不快活！”

不想事情有了转机，管营想替他开脱，故意说：

“新到囚徒武松，你路上途中，曾害甚病来？”

武松不领情，反而犟嘴：

“我于路不曾害病！酒也吃得，饭也吃得，肉也吃得，路也走得！”管营道：“这厮是途中得病到这里，我看他面皮才好，且寄下他这顿杀威棒。”两边行杖的军汉低低对武松道：“你快说病，这是相公将就你，你快只推曾害便了。”武松道：“不曾害！不曾害！打了倒干净！我不要留这一顿‘寄库棒’！寄下倒是钩肠债，几时得了！”两边看的人都笑。管营也笑道：“想是这汉子多管害热病了，不曾得汗，故出狂言。不要听他，且把去禁在单身房里。”

及至关进牢房，其他囚徒看他未吃杀威棒，反替他担忧起来，告诉他此事绝非好意，想必是使诈，想置他于死，还活灵活现地形容“塞七窍”的死法叫“盆吊”，用黄沙压则叫作“大布袋”。不料武松听了，最有兴趣的居然是想知道除了此两法以外，还有没有第三种，他说：

“还有什么法度害我？”

当下，管营送来美食。

武松寻思道：“敢是把这些点心与我吃了却来对付我？……我且落得吃了，却再理会！”武松把那旋酒来一饮而尽，把肉和面都吃尽了。

武松那一饮一食真是潇洒！人到把富贵等闲看，生死不萦怀之际，并且由于自信，相信命运也站在自己这一边时，才能有这种不在乎的境界，才能要这种高级的天地也奈何他不得的无赖。吃完了，他冷笑一声：

“看他怎地来对付我!”

等正式晚饭送来，他虽怀疑是“最后的晚餐”，还是吃了。饭后又有人提热水来，他虽怀疑对方会趁他洗澡时下毒手，仍然不在乎，说：

“我也不怕他！且落得洗一洗。”

这几段，真的越看越喜，高兴起来，便翻身拿笔画上要点，加上眉批，恨不得拍掌大笑，觉得自己也是黑松林里的好汉一条，大可天不怕地不怕地过它一辈子。

三

回想起前天随队来四湖的季医生跟我说的一段话，她说：

“你看看，这些小朋友，他们问我，目前群体医疗的政策虽不错，但是将来卫生主管部门总要换人的呀，换了人，政策不同，怎么办?”

两人说着不禁摇头叹气，我们其实不怕卫生主管部门的政策不政策，我们怕的是这才二十岁左右的年轻人，为什么先自把初生之犊的锐气给弄得没有了?

是因为一直是好孩子吗？是因为觉得一切东西都应该准备好，布置好，而且，欢迎的音乐已奏响，你才顺利地踏在夹道花香中起步吗？唐三藏之取经，岂不是“向万里无寸草处行脚”？盘古开天辟地之际，混沌一片，哪里有天地？天是由他的头颅顶高的，地是由他踏脚处来踩实踩平的，为什么这一代的年轻人，特别是年轻人中最优秀的那一批，却偏偏希望像古代的新媳妇，一路由别人抬花轿，抬到婆家。在婆家，有一个姓氏在等她，有一个丈夫在等她，有一碗饭供她吃——其实，天晓得，这种日子会好过吗？

武松算不得英雄算不得豪杰，只不过一介草莽武夫，这一代的人却连这点草莽气象也没有了吗？什么时候我们才不会听到“饱学之士”的“无知之言”道：

“我没办法回去呀，我学的东西太尖端，台湾没有我吃饭的地方呀！”

孙中山革命的时候，是因为有个“中华民国筹备处”成立好了，并且聘他当主任委员，他才束装回国赴任的吗？曹雪芹是因为“国家文艺基金会”委托他着手撰写一部“当代最伟大的小说”，才动笔写下《红楼梦》第一回的吗？

能不能不害怕不担忧呢？甚至是过了许多年回头一望的时候，才猛然想起来大叫一声说：

“哎呀，老天，我当时怎么都不知道害怕呢？”

把孔子所不屑的“三思而行”的踌躇让给老年人吧！年轻不就是有莽撞往前去的勇气吗？年轻就是手里握着大把岁月的筹码，那么，在命运的赌局里作乾坤一掷的时候，虽不一定赢，气势上总该能壮阔吧？

四

前些日子，不知谁在服务队住宿营地的门口播放一首歌，那歌因为是早晨和中午的代用起床号，所以每天都要听上几遍，其实那首歌唱得极有味道，沙哑中自有其抗颜欲辩的率真，只是走来走去刷牙洗澡都要听他再三重复那无奈的郁愤，心里的感觉有点奇怪：

告诉我，世界不会变得太快，
告诉我，明天不会变得更坏，
告诉我，人类还没有绝望。
告诉我，上帝也不会疯狂，
……
这未来的未来，我等待……

听久了，心里竟有些愀然，为什么只等待别人来“告诉我”呢？一颗恭谨聆受的心并没有“错”，但，那么年轻的嗓音，那么强盛的肺活量，总可以做些什么可以比“等待别人告诉我”更多的事吧？少年振衣，岂不可作千里风幡看？少年瞬目，亦可壮作万古清流想。如此风华，如此岁月，为什么等在那里，为什么等人家来“告诉我”呢？

为什么不是我去“告诉人”呢？去啊！去昭告天下，悬崖上的红心杜鹃不会等人告诉它春天来了，才着手筹备开花，它自己开了花，并且用花的旗语告诉远山近岭，春天已经来了。明灿逼人的木星，何尝接受过谁的手谕才长倾其万斛光华？小小一只绿绣眼，也不用谁来告诉他清晨的美学，他把翠羽的身子浓缩为一撇“美的据点”。万物之中，无论尊卑，不都各有其美丽的讯息要告诉别人吗？

有一首英文的长歌，歌名叫“To tell the untold”，那歌名我一看就入迷，是啊，“去告诉那些不曾被告知的人”，真的，仲尼仆仆风尘，在陌生的渡口，向不友善的路人问津，为的是什么？为的岂不是去告诉那些不曾被告知的人吗？达摩一苇渡江，也无非本于和圣人同样的一点初衷。而你我十几年乃至几十年孜孜于知识的殿堂，为的又是什么？难道不是要得到更真切的道和理，以便去告诉后人吗？我们认真，其实也只为了让自己告诉别人的话更诚恳、更扎实而足以掷地有声（无根的人即使在说真话的时候也类似谎言——因为单薄不实在）。

那唱歌的人“等待别人来告诉我”并不是错误，但能“去告诉别人”岂不更好？去告诉世人，我们的眼波未枯，我们的心仍在奔驰；去告诉世人，有我在，就不准尊严被抹杀，生命被冷落，告诉他们，这世界仍是一个允许梦想、允许希望的地方。告诉他们，这是一个可以栽下树苗也可以期待清荫的土地。

五

回家吃饭的妇人回来了，我把床还她，学生还在不远处的海清宫睡午觉，我站起身来去四面乱逛。想想这世界真好，海边苦热的地方居然有一片木麻黄，木麻黄林下刚好有一张床等我去躺，躺上去居然有千年前的施耐庵来为我讲故事，故事里的好汉又如此痛快可喜。想来一个人只要往前走，大概总会碰到一连串好事的，至于倒霉的事呢？那也总该碰上一些才公平吧？可是事是死的，人是活的，就算碰到倒霉事，总奈何我不得呀！

想想年轻是多么好，因为一切可以发生，也可以消弭，因为可以行可以止可以歌可以哭，那么还有什么可担心的呢？

真的，还有什么可担心的呢？

高处何所有

——赠给毕业同学

很久很久以前，在一个很远很远的地方，一位老酋长正病危。

他找来村中最优秀的三个年轻人，对他们说："这是我要离开你们的时候了，我要你们为我做最后一件事。你们三个都是身强体壮而智慧过人的孩子，现在，请你们尽其可能地去攀登那座我们一向奉为神圣的大山。你们要尽可能地爬到最高、最凌越的地方。然后，折回头来告诉我你们的见闻。"

三天后，第一个年轻人回来了，他笑生双靥，衣履光鲜："酋长，我到达山顶了，我看到繁花夹道，流泉淙淙，鸟鸣嘤嘤，那地方真不坏呀！"

老酋长笑笑说："孩子，那条路当年我也走过，你说的鸟语花香不是山顶，而是山麓，你回去吧！"

一周以后，第二个年轻人也回来了。他神情疲倦，满脸风霜："酋长，我到达山顶了，我看到高大肃穆的松树林，我看见秃鹰盘旋，那是一个好地方。"

“可惜呀！孩子，那不是山顶，那是山腰。不过，也难为你了，你回去吧！”

一个月过去了，大家开始为第三个年轻人的安危担心，他却一步一蹭，衣不蔽体地回来了，他发枯唇燥，只剩下清炯的眼神：“酋长，我终于到了山顶，但是，我该怎么说呢？那里只有高风悲旋，蓝天四垂。”

“你难道在那里一无所见吗？难道连蝴蝶也没有一只吗？”

“是的，酋长，高处一无所有，能看到的，只有自己，只有‘个人’被放在天地间的渺小感，只有想起千古英雄的悲激心情。”

“孩子，你到的是真的山顶，按照我们的传统，天意要立你做新的酋长，祝福你。”

真英雄何所遇？他遇到的是全身的伤痕，是孤单的长途，以及愈来愈真切的渺小感。

你不能要求简单的答案

年轻人啊，你问我说：“你是怎样学会写作的？”

我说：“你的问题不对，我还没有‘学会’写作，我仍然在‘学’写作。”

你让步了，说：“好吧，请告诉我，你是怎么学写作的？”

这一次，你的问题没有错误，我的答案却仍然迟迟不知如何出手，并非我自秘不宣——但是，请想一想，如果你去问一位老兵：“请告诉我，你是如何学打仗的？”

——请相信我，你所能获致的答案绝对和“驾车十要”或“电脑入门”不同。有些事无法作简单的回答，一个老兵之所以成为老兵，故事很可能要从他十三岁那年和弟弟一齐用门板扛着被日本人炸死的爹娘去埋葬开始，那里有其一生的悲愤郁结，有整个中国近代史的沉痛、伟大和荒谬。不，你不能要求简单的答案，你不能要一个老兵用明白扼要的字眼在你的问卷上做填充题，他不回答则已，如果回答，就必须连着他的一生的故事。你必须同时知道他全身的伤疤，知道他的胃溃疡，知道他五十年来朝朝暮暮的豪情与酸楚……

年轻人啊，你真要问我跟写作有关的事吗？我要说的也是：除非，我不回答你，要回答，其实也不免要夹上一生啊（虽然一生并未过完）！一生的受苦和欢悦，一生的痴意和决绝忍情，一生的有所得和有所舍。写作这件事无从简单回答，你等于要求我向你述说一生。

两岁半，年轻的五姨教我唱歌，唱着唱着，就哭了，那歌词是这样的："小白菜呀，地里黄呀，三岁两岁，没有娘呀……生个弟弟，比我强呀，弟弟吃面，我喝汤呀……"

我平日少哭，一哭不免惊动妈妈，五姨也慌了，两人追问之下，我哽咽地说出原因："好可怜啊，那小白菜，晚娘只给她喝汤，喝汤怎么能喝饱呢？"

这事后来成为家族笑话，常常被母亲拿来复述，我当日大概因为小，对孤儿处境不甚了然，同情的重点全在"弟弟吃面她喝汤"的层面上，但就这一点，后来我细想之下，才发现已是"写作人"的根本。人人岂能皆成孤儿而后写孤儿？听孤儿的故事，便放声而哭的孩子，也许是比较可以执笔的吧。我当日尚无弟妹，在家中娇宠恣纵，就算逃难，也绝对不肯坐入挑筐。挑筐因一位挑夫可挑前后两箩筐，所以比较便宜。千山迢递，我却只肯坐两人合抬的轿子，也算是一个不乖的小孩了。日后没有变坏，大概全靠那点善于与人认同的性格。所谓“常抱心头一点春，须知世上苦人多”的心情，恐怕是比学问、见解更为重要的，人之所以为人的本源。当然它也同时是写作的本源。

七岁，到了柳州，便在那里读小学三年级。读了些什么，一概忘了，只记得那是一座多山多水的城，好吃的柚子堆在桥的两侧卖。桥在河上，河在美丽的土地上。整个逃离的途程竟像一场旅行。听爸爸一面算计一面说：“你已经走了大半个中国啦，从前的人，一生一世也走不了这许多路的。”小小年纪当时心中也不免陡生豪情侠意。火车在山间蜿蜒，血红的山踯躅开得满眼，小站上有人用小沙甑焖了香肠饭在卖，好吃得令人一世难忘。整个中国的大苦难我并不了然，知道的只是火车穿花而行，轮船破碧疾走，一路懵懵懂懂南行到广州，仿佛也只为到水畔去看珠江大桥，到中山公园去看大象和成天降下祥云千朵的木棉树……

那一番大播迁有多少生离死别，我却因幼小只见山河的壮阔，千里万里的异风异俗，某一夜的山月，某一春的桃林，某一女孩的歌声，某一城垛的黄昏，大人在忧思中不及一见的景致，我却一一铭记在心，乃至一饭一蔬一果，竟也多半不忘。古老民间传说中的天机，每每为童子见到，大约就是因为大人易为思虑所蔽。我当日因为浑然无知，反而直窥入山水的一片清机。山水至今仍是那一砚浓色的墨汁，常容我的笔有所汲饮。

小学三年级，写日记是一件很痛苦的回忆。用毛笔，握紧了写（因为母亲常绕到我背后偷抽毛笔，如果被抽走了，就算握笔不牢，不合格），七岁的我，哪有什么可写的情节，只好对着墨盒把自己的日子从早到晚一遍遍地再想过。其实，等我长大，真的执笔为文，才发现所写的散文，基本上也类乎日记。也许不是“日记”而是“生记”，是一生的记录。一般的人，只有幸“活一生”，而创作的人，却能“活二生”。第一度的生活是生活本身；第二度则是运用思想再追回它一遍，强迫它复现一遍。萎谢的花不能再艳，磨成粉的石头不能重坚，写作者却能像呼唤亡魂一般把既往的生命唤回，让它有第二次的演出机缘。人类创造文学，想来，目的也即在此吧？我觉得写作是一种无限丰盈的事业，仿佛别人的卷筒里填塞的是一份冰淇淋，而我的，是双份，是假日里买一送一的双份冰淇淋，丰盈满溢。

也许应该感谢小学老师的，当时为了写日记把日子一寸寸回想再回想的习惯，帮助我有一个内省的深思的人生。而常常偷来抽笔的母亲，也教会我一件事：不握笔则已，要握，就紧紧地握住，对每一个字负责。

八岁以后，日子变得诡异起来，外婆猝死于心脏病。她一向疼我，但我想起她来却只记得她拿一根筷子，一片制钱，用棉花自己捻线来用。外婆从小出身富贵之家，却勤俭得像没隔宿之粮的人。其实五岁那年，我已初识死亡，一向带我的用人因肺炎而死，不知是几“七”，家门口铺上炉灰，等着看他的亡魂回不回来，铺炉灰是为了检查他的脚印。我至今几乎还能记起当时的惧怖以及午夜时分一声声凄厉的狗号。外婆的死，再一次把死亡的剧痛和荒谬呈现给我，我们折着金箔，把它吹成元宝的样子，火光中我不明白一个人为什么可以如此彻底消失了？葬礼的场面奇异诡秘，“死亡”一直是令我恐惧的主题——我不知该如何面对它？我想，如果没有意识到死亡，人类不会有文学和艺术，我所说的“死亡”，其实是广义的，如即聚即散的白云，旋开旋灭的浪花，一张年头鲜艳年尾破败的年画，或是一支心爱的自来水笔，终成破敝。

文学对我而言，一直是那个挽回的“手势”。果真能挽回吗？大概不能吧？但至少那是个依恋的手势，强烈的手势，照中国人的说法，则是个天地鬼神亦不免为之愀然色变的手势。

读五年级的时候，有个陈老师很奇怪地要我们几个同学来组织一个“绿野”文艺社。我说“奇怪”，是因为他不知是有意或无意的，竟然丝毫不拿我们当小孩子看待。他要我们编月刊；要我们在运动会里做记者并印发快报；他要我们写朗诵诗，并且上台表演；他要我们写剧本，而且自导自演。我们在校运会中挂着记者条子跑来跑去的时候，全然忘了自己是个孩子，满以为自己真是个记者了，现在回头去看才觉好笑。我如今也教书，很不容易把学生看作成人，当初陈老师真了不起，他给我们的虽然只是信任而不是赞美，但也够了。我仍记得白底红字的油印刊物印出来之后，我们去一一分派的喜悦。

我间接认识一个名叫安娜的女孩，据说她也爱诗。她要过生日的时候，我打算送她一本《徐志摩诗集》。

那一年我初三，零用钱是没有的，钱的来源必须靠“意外”，要买一本十元左右的书因而是件大事。于是我盘算又盘算，决定一物两用。我打算早一个月买来，小心地读，读完了，还可以完好如新地送给她。不料一读之后就舍不得了，而霸占礼物也说不过去，想来想去，只好动手来抄，把喜欢的诗抄下来。这种事，古人常做，复印机发明以后就渐成绝响了。但不可解的是，抄完诗集以后的我整个和抄书以前的我不一样了。把书送掉的时候，我竟然觉得送出去的只是形体，一切的精华早为我所吸取，这以后我欲罢不能地抄起书来，例如：向老师借来的冰心的《寄小读者》，或者其他散文、诗、小说，都小心地抄在活页纸上。感谢贫穷，感谢匮乏，使我懂得珍惜，我至今仍深信最好的文学资源是来自双目也来自腕底。古代僧人每每刺血抄经，刺血也许不必，但一字一句抄写的经验却是不应该被取代的享受。仿佛玩玉的人，光看玉是不够的，还要放在手上抚触，行家叫“盘玉”。中国文字也充满触觉性，必须一个个放在纸上重新描摹——如果可能，加上吟哦会更好，它的听觉和视觉会一时复苏起来，活力弥弥。当此之际，文字如果写的是花，则枝枝叶叶芬芳可攀；如果写的是骏马，则嘶声在耳，鞍辔光鲜，真可一跃而去。我的少年时代没有电视，没有电动玩具，但我反而因此可以看见希腊神话中赛克公主的绝世美貌，黄河冰川上的千古诗魂……

读我能借到的一切书，买我能买到的一切书，抄录我能抄录的一切片段。

刘邦项羽看见秦始皇出游，便跃跃然有“我也能当皇帝”的念头，我只是在看到一篇好诗好文的时候有“让我也试一下”的冲动。这样一来，只有对不起国文老师了。每每放了学，我穿过密生的大树，时而停下来看一眼枝丫间乱跳的松鼠，一直跑到国文老师的宿舍，递上一首新诗或一阕词，然后怀着等待开奖的心情，第二天再去老师那里听讲评。我平生颇有“老师缘”，回想起来皆非我善于撒娇或逢迎，而在于我老是“找老师的麻烦”。我一向是个麻烦特多的孩子，人家两堂作文课写一篇五百字“双十节感言”交差了事，我却抱着本子从上课写到下课，写到放学，写到回家，写到天亮，把一个本子全写完了，写出一篇小说来。老师虽一再被我烦得要死，却也对我终生不忘了。少年之可贵，大约便在于胆敢理直气壮地去麻烦师长，即便有老天爷坐在对面，我也敢连问七八个疑难（经此一番折腾，想来，老天爷也忘不了我），为文之道其实也就是为人之道吧？能坦然求索的人必有所获，那种渴切直言的探求，任谁都要稍稍感动让步的吧？

你在信上问我，老是投稿，而又老是遭人退稿，心都灰了，怎么办？

你知道我想怎样回答你吗？如果此刻你站在我面前，如果你真肯接受，我最诚实最直接的回答便是一阵仰天大笑："啊！哈——哈——哈……"

笑什么呢？其实我可以找到不少"现成话"来塞给你作标准答案，诸如"勿气馁"啦、"不懈志"啦、"再接再厉"啦、"失败为成功之母"啦，可是，那不是我想讲的。我想讲的，其实就只是一阵狂笑！

一阵狂笑是笑什么呢？笑你的问题离奇荒谬。

投稿，就该投中吗？天下哪有如此好事？买奖券的人不敢抱怨自己不中，求婚被拒绝的人也不会到处张扬，开工设厂的人也都事先心里有数，这行业是"可能赔也可能赚"的。为什么只有年轻的投稿人理直气壮地要求自己的作品成为铅字？人生的苦难千重，严重得要命的情况也不知要遇上多少次。生意场上、实验室里、外交场合，安详的表面下潜伏着长年的生死之争。每一类的成功者都有其身经百劫的疤痕，而年轻的你却为一篇退稿陷入低潮？

记得大一那年，由于没有钱寄稿（虽然，稿件视同印刷品，可以半价——唉，邮局真够意思，没发表的稿子他们也视同印刷品呢！——可惜我当时连这半价邮费也付不出啊)，于是每天亲自送稿，每天把一番心血交给门口警卫以后便很不好意思地悄悄走开——我说每天，并没有记错，因为少年的心易感，无一事无一物不可记录成文，每天一篇毫不困难。胡适当年责备少年人“无病呻吟”，其实少年在呻吟时未必无病，只因生命资历浅，不知如何把话删削到只剩下“深刻”，遭人退稿也是活该。我每天送稿，因此每天也就可以很准时地收到两天前的退稿，日子竟过得非常有规律起来，投稿和退稿对我而言就像有“动脉”就有“静脉”一般，是合乎自然定律的事情。

那一阵投稿我一无所获——其实，不是这样的，我大有斩获，我学会用无所谓的心情接受退稿。那真是“纯写稿”，连发表不发表也不放在心上。

如果看到几篇稿子回航就令你沮丧消沉——年轻人，请听我张狂的大笑吧！一个怕退稿的人可怎么去面对冲锋陷阵的人生呢？退稿的灾难只是一滴水一粒尘的灾难，人生的灾难才叫排山倒海呢，碰到退稿也要沮丧——快别笑死人了，所以说，对我而言，你问我的问题不算“问题”，只算“笑话”，投稿投不中有什么大不了！如果你连这不算事情的事也发愁，你这一生岂不愁死？

传统中文系的教育很多人视之为写作的毒药，奇怪的是对我而言，它却给了我一些更坚实的基础。文字训诂之学，如果你肯去了解它，其间自有不能不令人动容的中国美学，声韵学亦然。知识本身虽未必有感性，但那份枯索严肃亦如冬日，繁华落尽处自有无限生机。和一些有成就的学者相比，我读的书不算多，但我自信每读一书于我皆有增益。读《论语》，于是我竟有不胜低回之致；读史书，更觉页页行行都该标上惊叹号。世上既无一本书能教人完全学会写作，也无一本书完全于写作无益。就连看一本滥书，也令我恍然自惕，为文万不可如此骄矜昏昧，不知所云。

有一天，在别人的车尾上看到“独身贵族”四个大字，当下失笑，很想在自己车尾上也标上“已婚平民”四个字。其实，人一结婚，便已堕入平民阶级，一旦生子，几乎成了“贱民”，生活中种种繁琐吃力处，只好一肩担了。平民是难有闲暇的，我因而不能有充裕的写作时间，但我也因而了解升斗小民在庸庸碌碌、乏善可陈生活背后的尊严，我因怀胎和乳养的过程，而能确实怀有“彼亦人子也”的认同态度，我甚至很自然地用一种霸道的母性心情去关爱我们的环境和大地。我人格的成熟是由于我当了母亲，我的写作如果日有臻进，也是基于同样的缘故。

你看，你只问了我一个简单的问题，而我，却为你讲了我的半生。文章千古事，得失寸心知。记得旅行印度的时候，看到有些小女孩在编丝质地毯，解释者说：必须从幼年就学起，这时她们的指头细柔，可以打最细最精致的结子，有些毯子要花掉一个女孩一生的时间呢！文学的编织也是如此一生一世吧？这世上没有什么不是一生一世的，要做英雄、要做学者、要做诗人，要做情人，所要付出的代价不多不少，只是一生一世，只是生死以之。

我，回答了你的问题吗？

地毯的那一端

德：

从疾风中走回来，觉得自己像是被浮起来了。山上的草香得那样浓，让我想到，要不是有这样猛烈的风，恐怕空气都会给香得凝冻起来！

我昂首而行，黑暗中没有人能看见我的笑容。白色的芦荻在夜色中点染着凉意——这是深秋了，我们的日子在不知不觉中临近了。我遂觉得，我的心像一张新帆，其中每一个角落都被大风吹得那样饱满。

星斗清而亮，每一颗都低低地俯下头来。溪水流着，把灯影和星光都流乱了。我忽然感到一种幸福，那种混沌而又陶然的幸福。我从来没有这样亲切地感受到造物的宠爱——真的，我们这样平庸，我总觉得幸福应该给予比我们更好的人。

但这是真实的，第一张贺卡已经放在我的案上了。洒满了细碎精致的透明亮片，灯光下展示着一个闪烁而又真实的梦境。画上的金钟摇荡，遥遥地传来美丽的回响。我仿佛能听见那悠扬的音韵，我仿佛能嗅到那沁人的玫瑰花香！而尤其让我神往的，是那几行可爱的祝词："愿婚礼的记忆存至永远，愿你们的情爱与日俱增。"

是的，德，永远在增进，永远在更新，永远没有一个边和底——六年了，我们护守着这份情谊，使它依然焕发，依然鲜洁，正如别人所说的，我们是何等幸运。每次回顾我们的交往，我就仿佛走进博物馆的长廊。其间每一处景物都意味着一段美丽的回忆。每一件东西都牵扯着一个动人的故事。

那样久远的事了。刚认识你的那年才十七岁，一个多么容易错误的年纪！但是，我知道，我没有错。我生命中再没有一个决定比这项更正确了。前天，大伙儿一块吃饭，你笑着说："我这个笨人，我这辈子只做了一件聪明的事。"你没有再说下去，妹妹却拍起手来，说："我知道了！"啊，德，我能够快乐地说，我也知道。因为你做的那件聪明事，我也做了。

那时候，大学生活刚刚展开在我面前。台北的寒风让我每日思念南部的家。在那小小的阁楼里，我呵着手写蜡纸。在草木摇落的道路上，我独自骑车去上学。生活是那样黯淡，心情是那样沉重。在我的日记上有这样一句话："我担心，我会冻死在这小楼上。"而这时候，你来了，你那种毫无企冀的友谊四面环护着我，让我的心触及最温柔的阳光。

我没有兄长，从小我也没有和男孩子同学过。但和你交往却是那样自然，和你谈话又是那样舒服。有时候，我想，如果我是男孩子多么好呢！我们可以一起去爬山，去泛舟。让小船在湖里任意漂荡，任意停泊，没有人会感到惊奇。好几年以后，我将这些想法告诉你，你微笑地注视着我："那，我可不愿意，如果你真想做男孩子，我就做女孩。"而今，德，我没有变成男孩子，但我们可以去遨游，去做山和湖的梦，因为，我们将有更亲密的关系了。啊，想象中终生相爱相随该是多么美好！

那时候，我们穿着学校规定的卡其服。我新烫的头发又总是被风刮得乱蓬蓬的。想起来，我总不明白你为什么那样喜欢接近我。那年大考的时候，我蜷曲在沙发里念书。你跑来，热心地为我讲解英文文法。好心的房东为我们送来一盘春卷，我慌乱极了，竟吃得洒了一裙子。你瞅着我说："你真像我妹妹，她和你一样大。"我窘得不知如何是好，只是一径低着头，假作抖那长长的裙幅。

那些日子真是冷极了。每逢没有课的下午我总是留在小楼上，弹弹风琴，把一本拜尔琴谱都快翻烂了。

有一天你对我说："我常在楼下听你弹琴。你好像常弹那首《甜蜜的家庭》。怎么？在想家吗？"我很感激你的窃听，唯有你了解、关切我凄楚的心情。德，那个时候，当你独自听着的时候，你想些什么呢？你想到有一天我们会组织一个家庭吗？你想到我们要用一生的时间以心灵的手指合奏这首歌吗？

寒假过后，你把那叠泰戈尔诗集还给我。你指着其中一行请我看："如果你不能爱我，就请原谅我的痛苦吧！"我于是知道发生什么事了：我不希望这件事发生，我真的不希望。并非由于我厌恶你，而是因为我太珍重这份素净的友谊，反倒不希望有爱情去加深它的色彩。

但我却乐于和你继续交往。你总是给我一种安全稳妥的感觉。从头起，我就付给你我全部的信任，只是，当时我心中总向往着那种传奇式的、惊心动魄的恋爱，并且喜欢那么一点点的悲剧气氛。为着这些可笑的理由，我耽延着没有接受你的奉献。我奇怪你为什么仍作那样固执的等待。

你那些小小的关怀常令我感动。那年圣诞节你把得来不易的几颗巧克力糖，全部拿来给我了。我爱吃笋豆里的笋子，唯有你注意到，并且耐心地为我挑出来。我常常不晓得照料自己，唯有你想到用自己的外衣披在我身上。(我至今不能忘记那衣服的温暖，它在我心中象征了许多意义。)是你，敦促我读书。是你，容忍我偶发的气性。是你，仔细纠正我写作的错误。是你，教导我为人的道理。如果说，我像你的妹妹，那是因为你太像我大哥的缘故。

后来，我们一起得到学校的工读金，分配给我们的是打扫教室的工作。每次你总强迫我放下扫帚，我便只好遥遥地站在教室的末端，看你奋力工作。在炎热的夏季里，你的汗水滴落在地上。我无言地站着，等你扫好了，我就去挥挥桌椅，并且帮你把它们排齐。每次，当我们目光偶然相遇的时候，总感到那样兴奋。我们是这样地彼此了解，我们合作的时候总是那样完美。我注意到你手上的硬茧，它们把那虚幻的字眼十分具体地说明了。我们就在那飞扬的尘影中完成了大学课程——我们的经济从来没有富裕过，我们的日子却从来没有贫乏过，我们活在梦里，活在诗里，活在无穷无尽的彩色希望里。记得有一次我提到玛格丽特公主在婚礼中说的一句话:“世界上从来没有两个人像我们这样快乐过。”你毫不在意地说:“那是因为他们不认识我们的缘故。”我喜欢你的自豪，因为我也如此自豪着。

我们终于毕业了，你在掌声中走到台上，代表全系领取毕业证书。我的掌声也夹在众人之中，但我知道你听到了。在那美好的六月清晨，我的眼中噙着欣喜的泪，我感到那样骄傲，我第一次分沾你的成功，你的光荣。

“我在台上偷眼看你，”你把系着彩带的文凭交给我，“要不是中国风俗如此，我一走下台来就要把它送到你面前去的。”

我接过它，心里垂着沉甸甸的喜悦。你站在我面前，高昂而谦和，刚毅而温柔，我忽然发现，我关心你的成功，远远超过我自己的。

那一年，你在受军训。在那样忙碌的生活中，在那样辛苦的演习里，你却那样努力地准备研究所的考试。我知道，你是为谁而作的。在凄长的分别岁月里，我开始了解，存在于我们中间的是怎样一种感情。你来看我，把南部的冬阳全带来了。我一直没有告诉你，当时你临别敬礼的镜头烙在我心上有多深。

我帮着你搜集资料，把抄来的范文一篇篇断句、注释。我那样竭力地做，怀着无上的骄傲。这件事对我而言有太大的意义。这是第一次，我和你共赴一件事，所以当你把录取通知转寄给我的时候，我竟忍不住哭了。德，没有人经历过我们的奋斗，没有人像我们这样相期相勉，没有人多年来在冬夜图书馆的寒灯下彼此伴读。因此，也就没有人了解成功带给我们的兴奋。

我们又可以见面了，能见到真真实实的你是多么幸福。我们又可以去作长长的散步，又可以蹲在旧书摊上享受一个闲散黄昏。我永不能忘记那次去泛舟。回程的时候，忽然起了大风。小船在湖里直打转，你奋力摇橹，累得一身都汗湿了。

“我们的道路也许就是这样吧！”我望着平静而险恶的湖面说，“也许我使你的负担更重了。”

“我不在意，我高兴去搏斗！”你说得那样急切，使我不敢正视你的目光，“只要你肯在我的船上，晓风，你是我最甜蜜的负荷。”

那天我们的船顺利地拢了岸。德，我忘了告诉你，我愿意留在你的船上，我乐于把舵手的位置给你。没有人能给我像你给我的安全感。

只是，人海茫茫，哪里是我们共济的小舟呢？这两年来，为了成家的计划，我们劳累到几乎虐待自己的地步。每次，你快乐的笑容总鼓励着我。

那天晚上你送我回宿舍，当我们迈上那斜斜的山坡，你忽然驻足说：“我在地毯的那一端等你！我等着你，晓风，直到你对我完全满意。”

我抬起头来，长长的道路伸延着，如同圣坛前柔软的红毯。我迟疑了一下，便踏向前去。

现在回想起来，已不记得当时是否是个月夜了，只觉得你诚挚的言词闪烁着，在我心中亮起一天星月的清辉。

“就快了！”那以后你常乐观地对我说，“我们马上就可以有一个小小的家。你是那屋子的主人，你喜欢吧？”

我喜欢的，德，我喜欢一间小小的陋屋。到天黑时分我便去拉上长长的落地窗帘，捻亮柔和的灯光，一同享受简单的晚餐。但是，哪里是我们的家呢？哪儿是我们自己的宅院呢？

你借来一辆半旧的脚踏车，四处去打听出租的房子，每次你疲惫不堪地回来，我就感到一种痛楚。

“没有合意的，”你失望地说，“而且太贵，明天我再去看。”

我没有想到有那么多困难，我从不知道成家有那么多琐碎的事，但至终我们总算找到一栋小小的屋子了。有着窄窄的前庭，以及矮矮的榕树。朋友笑它小得像个巢，但我已经十分满意了。无论如何，我们有了可以憩息的地方。当你把钥匙交给我的时候，那重量使我的手臂几乎为之下沉。它让我想起一首可爱的英文诗：“我是一个持家者吗？哦，是的，但不止，我还得持护着一颗心。”我知道，你交给我的钥匙也不止此数。你心灵中的每一个空间我都持有一枚钥匙，我都有权径行出入。

亚寄来一卷录音带，隔着半个地球，他的祝福依然厚厚地绕着我。那样多好心的朋友来帮我们整理。擦窗子的，补纸门的，扫地的，挂画儿的，插花瓶的，拥拥熙熙地挤满了一屋子。我老觉得我们的小屋快要炸了，快要被澎湃的爱情和友谊撑破了。你觉得吗？他们全都兴奋着，我怎能不兴奋呢？我们将有一个出色的婚礼，一定的。

这些日子我总是累着。去试礼服，去订鲜花，去买首饰，去选窗帘的颜色。我的心像一座喷泉，在阳光下涌溢着七彩的水珠儿。各种奇特复杂的情绪使我眩昏。有时候我也分不清自己是在快乐还是在茫然，是在忧愁还是在兴奋。我眷恋着旧日的生活，它们是那样可爱。我将不再住在宿舍里，享受阳台上的落日。我将不再偎在母亲的身旁，听她长夜话家常。而前面的日子又是怎样的呢？德，我忽然觉得自己好像要被送到另一个境域去了。那里的道路是我未走过的，那里的生活是我过不惯的，我怎能不惴惴然呢？如果说有什么可以安慰我的，那就是：我知道你必定和我一同前去。

冬天就来了，我们的婚礼在即，我喜欢选择这季节，好和你厮守一个长长的严冬。我们屋角里不是放着一个小火炉吗？当寒流来时，我愿其中常闪耀着炭火的红光。我喜欢我们的日子从黯淡凛冽的季节开始，这样，明年的春花才对我们具有更美的意义。

我即将走入礼堂，德，当结婚进行曲奏响的时候，父亲将挽着我，送我走到坛前，我的步履将凌过如梦如幻的花香。那时，你将以怎样的微笑迎接我呢？

我们已有过长长的等待，现在只剩下最后的一段了。等待是美的，正如奋斗是美的一样，而今，铺满花瓣的红毯伸向两端，美丽的希冀盘旋而飞舞，我将去即你，和你同去采撷无穷的幸福。当金钟轻摇，蜡炬燃起，我乐于走过众人去立下永恒的誓愿。因为，哦，德，因为我知道，是谁，在地毯的那一端等我。

也是水湄

那条长几就摆在廊上。

廊在卧室之外，负责数点着有一阵没一阵的夜风。

那是四月初次燠热起来的一个晚上，我不安地坐在廊上，十分不甘心那热，仿佛想生气，只觉得春天越来越不负责，就那么风风雨雨闹了一阵，东渲西染地抹了几许颜色，就打算草草了事收场了。

这种闷气，我不知道找谁去发作。

丈夫和孩子都睡了，碗筷睡了，家具睡了，满墙的书睡了，好像大家都认了命，只有我醒着，我不认，我还是不同意。春天不该收场的。可是我又为我的既不能同意又不能不同意而懊丧。

我坐在深褐色的条几上，几在廊上，廊在公寓的顶楼，楼在新生南路的巷子里。似乎每一件事情都被什么阴谋规规矩矩地安排好了，可是我清楚知道，我并不在那条几上，正如我规规矩矩背好的身份证上长达十个字的统一编号，背自己的身高、体重、履历、年龄、籍贯和家属。可是，我一直知道，我不在那里头，我是寄身在浪头中的一片白，在一霎眼中消失，但我不是那浪，我是那白，我是纵身在浪中而不属于浪的白。

也许所有的女人全是这样的，像故事里的七仙女或者螺蛳精，守住一个男人，生儿育女，执一柄扫把日复一日地扫那四十二坪地（算来一年竟可以扫五甲地），像吴刚或西西弗斯那样擦抹永世擦不完的灰尘，煮那像“宗教”也像“道统”不得绝祠的三餐——可是，所有的女人仍然有一件羽衣，锁在箱底，她并不要羽化而去；她只要在启箱检点之际，相信自己是有羽的，那就够了。

如此，那夜，我就坐在几上又不在几上，兀自怔怔地发呆。

报纸和茶绕着我的膝成半圆形，那报纸因为刚分了类，看来竟像一垛垛的砌砖，我恍惚成了俯身古城凭高而望的人，柬埔寨在下，越南在下，孟加拉在下，乌干达在下，“暮春三月，江南草长，杂花生树，群莺乱飞”的故乡在下……

夜忽然凉了，我起身去寻披肩把自己裹住。

一钵青藤在廊角执意地绿着，我大部分的时间都不肯好好看它，我一直搞不清楚，它到底是委屈的还是悲壮的。

我决定还要坐下去。

是为了跟夜僵持？跟风僵持？抑是跟不明不白就要消失了的暮春僵持？我不知道。我只知道我不要去睡，而且，既不举杯，也不邀月，不跟山对弈，不跟水把臂，只想那样半认真不认真地坐着，只感觉到山在，水在，鸟在，林在，就好了，只想让冥漠大化万里江山知道有个我在就好了。

我就那样坐着，把长椅坐成了小舟。而四层高的公寓下是连云公园，园中有你纠我缠的榕树，榕树正在涨潮，我被举在绿色的柔浪上，听绿波拍舷的声音。

于是，渐渐地，我坚持自己听到了“流水绕孤村”的潺湲水声，真的，你不必告诉我那是巷子外新生南路上的隆隆车声，车子何尝不是“车如流水”呢？一切的音乐岂不是在一侧耳之间温柔，一顾首之间庄严吗？于无弦处听古琴，于无水处赏清音，难道是不可能的吗？

何况，新生南路的前身原是两条美丽的夹堤，柳枝曾在这里垂烟，杜鹃花曾把它开成一条“丝路”，五彩的丝，而我们的房子的地基便掘在当年的稻香里。

我固执地相信，那古老的水声仍在，而我，是泊船水湄的舟子。

新生南路，车或南，车或北，轮辙不管是回家，或是出发，深夜行车不论是为名为利，那也算是一种足音了。其中某个车子里的某一把青蔬，明天会在某家的餐桌上出现，某个车子里的鸡蛋又会在某个孩子的便当里躺着，某个车中的夜归人明天会写一首诗，让我们流泪，人间的牵扯如此庸俗而又如此深情，我要好好地听听这水声。

如果照古文字学者的意思，“湄”就是“水草交”的意思，是水跟岸之间的亦水亦岸亦草的地方，是那一注横如眼波的水上浅浅青青温温柔柔如一带眉毛的地方。这个字太秀丽，我有时简直不敢轻易出口。

今夜，新生南路仍是圳水，今夜，我是泊舟水湄的舟子。

忽然，我安下心平下气来，春仍在。虽然这已是阴历三月的最后一夜了。正如题诗在壁，壁坏诗消，但其实诗仍在，壁仍在，因为泥仍在。曾经存在过的便不会消失。春天不曾匿迹，它只是更强烈地投身入夏，原来夏竟是更朴实更浑茂的春。正如雨是更细心更舍己的液态的云。

今夜，系舟水湄，我发现，只要有一点情意，我是可以把车声宠成水响，把公寓爱成山色的。

就如此，今夜，我将系舟在也是水湄的地方。

女人，和她的指甲刀

“要不要买一把小指甲刀？”张小泉剪刀很出名的，站在灵隐寺外，我踌躇，过去看看吧！好几百年的老店呢！

果真不好，其实我早就料到，旅行在那个名叫赤县神州的地方，你要把自己武装好，以免因失望太多而生病。

回到旅馆，我赶紧找出自己随身带的那只指甲刀来剪指甲，虽然指甲并不长，但我急着重温一下这把好指甲刀的感觉。

这指甲刀买了有十几年了，日本制，在香港买的，约值二百台币，当时倒是狠一下心才买的。用这么贵的价钱买一只小小的指甲刀，对我而言，是介乎奢华和犯罪之间的行为。

刀有个小纸盒，银色，盒里垫着蓝色的假丝绒，刀是纯钢，造型利落干净。我爱死了它。

十几年来，每个礼拜，或至多十天，我总会跟它见一次面，接受它的修剪。这种关系，也该算作亲密了，想想看，十几年呐，有好些婚姻都熬不了这么久呢！

我当时为什么下定决心要买这只指甲刀呢？事情是这样的，平常家里大概总买十元一只的指甲刀，古怪的是，几乎随买随掉。等孩子长到自己会剪指甲的年龄，情况更见严重，几乎每周掉一只，问丈夫，他说话简直玄得像哲学，他说："没有掉，只是一时找不着了。"

我有时有点绝望，仿佛家里出现了"神秘百慕大"，什么东西都可以自动销匿化烟。

幼小的时候看人家登离婚广告，总是写"我俩意见不合"，便以为夫妻吵架一定是由于"意见不合"。没想到事情轮到自己头上，全然不是那么回事，我们每次吵架，原因都是"我俩意见相同"，关于掉指甲刀的事也不例外。

"我看一定是你用完就忘了，放在你自己的口袋里了。"

每次我这样说他的时候，他一定做出一副和我意见全然一致的表情："我看一定是你用完就忘了，放在你自己的口袋里了。"

掉刀的事，终于还是不了了之。

我终于决定让自己拥有一件“完完全全属于我自己的东西”。

婚姻生活又可爱又可怕，它让你和别人“共享”，“共享”的结果是：房子是二人的，电话是二人的，筷子是大家的，连感冒，也是有难同当。

唉！

我决定自救，我要去买一把指甲刀给自己，这指甲刀只属于我，谁都不许用！以后你们要掉刀是你们的事！

我要保持我的指甲刀不掉。

这几句话很简单，但不知为什么我每次企图说服自己的时候，都有小小的罪咎感。还好，终于，有一天，我把自己说服了，把刀买了，并且鼓足勇气向其他三口家人说明。

我珍爱我的指甲刀，它是我在婚姻生活里唯一一项“私人财产”。

深夜，灯下，我剪自己的指甲，用自己的指甲刀，我觉得幸福。剪指甲的声音柔和清脆，此刻我是我，既不妻，也不母，既不贤，也不良，我只是我。远方，仍有一个天涯等我去行遍。

种种可爱

作为一个小市民有种种令人生气的事——但幸亏还有种种可爱，让人忍不住的高兴。

中华路有一家卖蜜豆冰的——蜜豆冰原来是台中的东西（木瓜牛奶也是），但不知什么时候台北也都有了——门前有一副对联，对联的字写得普普通通，内容更谈不上工整，却是情婉意贴，令人动容。

上句是：我们是来自纯朴的小乡村。

下句是：要做大台北无名的耕耘者。

店名就叫“无名蜜豆冰”。

台北的可爱就在各行各业间平起平坐的大气象。

永康街有一家卖面的，门面比摊子大，比店小，常在门口换广告词，冬天是“100℃的牛肉面”。

春天换上“每天一碗牛肉面，力拔山河气盖世”。这比“日进斗金”好多了，我每看一次简直就对白话文学多生出一份信心。

有一天在剧场里遇见孟瑶，请她去喝豆浆，同车去的还有俞大纲老师和陈之藩夫人，他们都是戏剧家，很高兴地纵论地方剧，忽然，那驾驶员说：“川剧和湖北戏也都是有帮腔的呀！”

我肃然起敬，不是为他所讲的话，而是为他说话的架势，那种与一代学者比肩谈话也不失其自信的本色。

台北的人都知道自己有讲话的份，插嘴的份。

好几年前，我想找一个洗衣兼打扫的半工，介绍人找了一位洗衣妇来。“反正你洗完了我家也是去洗别人家的，何不洗完了就替我打扫一下，我会多算钱的。”她小声地咕哝了一阵，介绍人郑重宣布：“她说她不扫地——因为她的兴趣只在洗衣服。”

我起先几乎大笑，但接着不由一凛，原来洗衣服也可以是一个人认真的“兴趣”。原来即使是在“洗衣”和“扫地”之间，人也要有其一本正经的抉择，有抉择才有自主的尊严。

带一位香港的朋友坐计程车去找一个地方，那条路特别不好找，计程车司机找过了头，然后又折回来。下车的时候，他坚持要扣下多绕了冤枉路的钱。“是我看错才走错的，怎么能收你们的钱？”后来死推活拉，总算用折中的办法，把争执的差额付了。香港的朋友简直看得愣住了，我觉得大有面子。祝福那位司机！

我家附近有一个卖水果的，本来卖许多种水果，后来改了，只卖木瓜，见我走过，总要说一句：“老师，我现在卖木瓜了——木瓜专科。”又过了一阵，他改口说：“老师，现在更进步了，是木瓜大学了。”我喜欢他那骄矜自喜的神色，喜欢他四个肤色润泽的活蹦乱跳的孩子——大概都是木瓜大学作育有功吧？

隔巷有位老太太，祭祀很诚，逢年过节总要上供，有一天，我经过她设在门口的供桌，大吃一惊，原来她上供的主菜竟是洋芋沙拉，另外居然还有罐头。后来想倒也发觉她的可爱，活人既然可以吃沙拉和罐头，让祖宗或神仙换换口味有何不可？她的没有章法的供菜倒是有其文化交流的意义了。

从前，在中华路平交道口，总是有个北方人在那里卖大饼，我从来没有见过那种大饼整个一块到底有多大，但从边缘的弧度看来直径总超过二尺。

我并不太买那种饼，但每过几个月我总不放心地要去看一眼，我怕吃那种饼的人愈来愈少，卖饼的人会改行，我这人就是“不放心”。（和平东路拓宽时，我很着急，生怕师大当局一时兴起，把门口那开满串串黄花的铁刀木砍掉，后来一探还在，高兴得要命。）

那种硬硬厚厚的大饼对我而言差不多是有生命的，北方黄土高原上的生命，我不忍看它在中华路上慢慢绝种。后来不知怎么搞的，忽然满街都在卖那种大饼，我安心了，真可爱，真好，有一种东西暂时不会绝种了！

华西街是一条好玩的街，儿子对毒蛇发生强烈兴趣的那一阵子我们常去，我们站在毒蛇店门口，一家一家地去看那些百步蛇、眼镜蛇、雨伞蛇……

“那条蛇毒不毒?”我指着一条又粗又大的问店员。

“不被咬到就不毒!”

没料到是这样一句回话，我为之暗自惊叹不已。其实，世事皆可作如是观，有浪，但船没沉，何妨视作无浪，有陷阱，但人未失足，何妨视作坦途。

我常常想起那家蛇店。

有一天在一家公司的墙上看到这样一张小纸条：“请随手关灯，节约能源，支援十大建设。”

看了以后，一下子觉得十大建设好近好近，好像就是家里的事，让人觉得就像自家厨房里添抽风机或浴室里要添热水炉，或饭厅里要添冰箱的那份热闹亲切的喜气。——有喜气就可以省着过日子，省得扎实有希望。

为了整修“我们咖啡屋”，我到八斗子渔港去买渔网，渔网是棉纱的，用山上采来的一种植物染成赭红色，现在一般都用尼龙的了，那种我想要的老式的棉纱渔网已成古董。

终于找到一家有老渔网的，他们也是因为舍不得，所以许多年来一直没丢，谈了半天他们决定了价钱：“二角三!”

二角三就是二千三百的意思，我只听见城里市面上的生意人把一万说成一块，没想到在偏僻的八斗子也是这样说的，大家说到钱的时候，全都不当回事，总之是大家都有钱了，把一万元说成一块钱的时候，颇有那种偷偷地志得意满而又谦逊不露的劲头。

有一阵子，我的公交月票掉了，还没有补办好再买的手续以前，我只好每次买票——但是因为平时没养成那份习惯，每看见车来，很自然地跳上去了，等发现自己没有月票，已经人在车上了。

这种时候，车掌多半要我就便在车上跟其他乘客买票——我买了，但等我付钱时那些买主竟然都说：“算了，不要钱了。”一次犹可，连着几次都是这样，使我着急起来，那么多好人，令人“无所逃于天地之间”，长此以往，我岂不成了“免费乘车良策”的发明人了，老是遇见好人也真是让人非常吃不消的事。

我的月票始终没去补办，不过却幸运地被捡到的人辗转寄回来了，我可以高高兴兴地不再受惠于人了——不过偶然想起随便在车上都能遇见那么多肯

“施惠于人”的好人，可见好人倒也不少，台北究竟还是个适合人住的地方。

在一家最大规模的公立医院里，看到一个牌子，忍不住笑了起来，那牌子上这样写着：“禁止停车，违者放气。”

我说不出的喜欢它！老派的公家机关，总不免摆一下衙门脸，尽量在口气上过官瘾，碰到这种情形，不免要说“违者送警”或“违者法办”。

美国人比较干脆，只简简单单的两个大字“No Parking”——“勿停”。但口气一简单就不免显得太硬。还是“违者放气”好，不凶霸不懦弱，一点不涉于官方口吻，而且憨直可爱，简直有点孩子气的作风——而且想来这办法绝对有效。

有个朋友姓李，不晓得走路的习惯是偏于内八字或外八字——总之，他的鞋跟老是磨得内外侧不一样厚。他偶然找到一个鞋匠，请他换鞋跟，很奇怪的，那鞋匠注视了一下，居然说：“不用换了，只要把左右互调一下就是了，反正你的两块鞋跟都还有一半是好用的！”

朋友大吃一惊，好心劝告他这样处处替顾客打算，哪里有钱赚，他却也理直气壮：“该赚的才赚，不该赚的就不赚——这块鞋底明明还能用。”

朋友刮目相看，然后试探性地问他："为国家做了一辈子事，退了役还得补鞋，政府真对不起你。"

"什么？人人要这样想还得了，其实只有我们对不起国家，国家哪有什么对不起我们的。"

朋友感动不已，嗫嗫嚅嚅地表示要送他一套旧西装（他真的怕会侮辱他），他倒也坦然接受了。不知为什么，朋友说这故事给我听的时候，我也不觉得陌生，而且真切得有如今天早晨我才看过那老鞋匠似的。

有一次在急诊室看医生救病人，病人已经昏迷了，氧气罩也没用了，医生狠劲地用一个类似皮球的东西往里面压缩氧气。至少是呼吸系统有毛病。两个医生轮流压，像打仗似的。

渐渐地，他清醒了，但仍说不出话来，医生只好不断发问来让他点头摇头，大概问十几个问题才碰得上一个点头的答案。他是在路上发病的，一个亲人也没有，送他来的是一个不相干的人。后来发现他可以写字——虽然他眼睛一直是闭着的。医生问他的病历，问他是不是服过某些成药，问他现在的感觉，忽然，那医生惊喜地叫了一声："写下去，写下去，再写！你写得真好——哎，你的字好漂亮。"

整个急救的过程，我都一面看一面佩服，但是当他用欢呼的声音去赞美那病人不成笔画的字的时候，我却为之感动得哽咽起来。病人果真一路写下去。也许那病人想起了什么，虽然闭着眼睛，躺在床上仰面而写，手是从生死边缘被救回来的战抖不已的手——但还有人在赞美他的字！也许是颜体的，也许是柳体，也许什么都不是，只是一个活着的人写的字，可贵的是此刻他的字是“被赞美的字”。

那医生救人的技能来自课本，但他赞美病人的字迹却来自智慧和爱心，后者更足以使整个的急救室像殿堂一样的神圣肃穆起来。

有一位父执辈，颇有算八字的癖好，谁家有了刚生的孩子，他总要抢来时辰，免费服务一番——那是他难得实习的机会。算久了，他倒有一个发现，现代孩子的命普遍都比老一辈好，他又去找同道证实，得到的结论也都一样，他于是很高兴，说：“国运一定是好的了，要不是国运好，哪有那么多命好的孩子。”

我自己完全不知道八字是怎么一回事，但听到他的话仍不免欢欣雀跃，甚至肃然起敬——为那些一面在排着神秘的八字一面又不忘忧心国事的人。

在澄清湖的小山上爬着，爬到顶，有点疑惑不知该走哪一条路回去，问道于路旁的一个老兵。那人简直不会说话得出奇，他说：“看到路——就走，看到路——就走，再看到路——再走，就到了。”

我心里摇头不已，怎么碰到这么呆的指路人！赌气回头自己走，倒发现那人说得也没错，的确是“看到路——就走”，渐渐地，也能咀嚼出一点那人言语中的诗意来，天下事无非如此，“看到路——就走”，哪有什么一定的金科玉律，一部廿五史岂不是有路就走——没有路就开路，原来万物的事理是可以如此简单明了——简单明了得有如呆人的一句呆话。

西谚说，把幸运的人丢到河里，他都能口衔宝物而归，我大概也是幸运的人，生活在这座城里，虽也有种种倒霉事，但奇怪的是，我记得住的而且在心中把玩不已的全是这些可爱的片断！这些从生活的渊泽里捞起来的种种不尽的可爱。

屋角下，熏染着耙上土香的书

我在宿舍中的餐厅看书，那一年我大三。

餐厅四周是树，树外是曲折的杜鹃杂生的山径，山径之上交错着纵横的夜星。

餐厅的一头是间空屋，堆着几张乒乓球桌，另一头是厨房，那里住着一个新来的厨子。

我看完了书，收拾我的东西，忽然发现少了一本《古文观止》。我不好意思大叫，只好一个一个地去问，大家全说没有看到，最后有一个女孩不太确定地说："我看到厨子捧着一本书，在乒乓球桌那里，不知道是不是你的。"

我生着气去找厨子，正好一眼就看到他拿着那本《古文观止》，我一言不发地走过去。

半句吟哦戛然而止，厨子慌张地站起来，他是一个典型的胖嘟嘟的厨子，脸上堆着油腻的笑容。

黯淡的灯光下，一个没有名字的小人物在读雅驯的《古文观止》，浅碧色的丝带停在《陋室铭》上，哎，我真要责备他吗？

“是你的书吧？你不在，我就拿来看看，本来只想看一点的，看得太久了吧？”他脸上挂着卑微的歉意，说的是一口难懂的福州腔，“是看得太久了，我太久没有看了。”

我要生气吗？那些古老、美好、掷地可作金石响的文章，只该放在一个中文系三年级学生的书桌上吗？它不该哺育所有的不知名的山村中的人吗？能看到一张被油垢染黄的脸在灯下夜读是怎样美丽，我还能坚持书是我的吗？

“不忙，你要看就多看一下吧！”

他再三推开了，没有了书的双手在灯下显得异常空荡，他仍然温和地笑着，那种古老的、寂寞的、安于现实生活的中国人的笑。

我忽然了解，从基本精神上看来，每一个中国人都是读书人。

我自此更爱中国书，它们曾被多少善良的中国人的眸光所景仰啊！它们曾在多少低檐的屋角下熏染着耙上的土香啊！它们曾在多少凄寒的夜晚被中国式的平仄抑扬所吟哦啊！

中国人因读中国书而深沉了，中国书因被中国人读而优美了。

腾云驾雾，站在锅后的水汽里

有一次，从罗斯福路走过，那天天气很好，由于路拓宽了，竟意外地把某家人家的一架紫气腾腾的九重葛弄到人行道上来了，九重葛未被算为“违章”，我不知这该感谢谁。总之，在一个不春不夏不秋不冬的日子，在高速公路旁黯淡而模糊的黄尘里，能看到一树艳色的九重葛真是一件愉快的事。

走了几步，又看到一张“阿瘦露担面在此巷内”的小招贴，红纸条已经被风雨吹成淡红色——其实也许甚至连淡红色也不是了。我呆站了一会，竟觉得自己和阿瘦十分熟悉。我想他必是一个窄肩削脸的小人物，一双长筷子，一把捞面的篓子，常常腾云驾雾地站在面锅后面的水汽里。

能带着自嘲的笑意叫自己“阿瘦”是一件了不起的事！世上有多少因为自己是秃子而怕听人说“亮”的人。

连带地，也想起那些堂皇的市招，如“唐矮子担担面”、“周胖子饺子馆”、“大声公粥品”、“老头牛肉面”。

连带地又想起“王二麻子”，想起“麻婆”。

中国人是和悦的民族，王二麻子是、阿瘦也是。中国人是一个能够接受自己缺点而又能正视它的人，由于一种高度的自尊和自信，他们能够坦然地照着自己的样子接受自己。

有些人

有些人，他们的姓氏我已遗忘，他们的脸却恒常浮着——像晴空，在整个雨季中我们不见它，却清晰地记得它。

那一年，我读小学二年级，有一个女老师——我连她的脸都记不起来了，但好像觉得她是很美的。有哪一个小学生心目中的老师不美呢！也恍惚记得她身上那片不太鲜丽的蓝。她教过我们些什么，我完全没有印象，但永远记得某个下午的作文课，一位同学举手问她“挖”字该怎么写，她想了一下，说：“这个字我不会写，你们谁会！”我兴奋地站起来，跑到黑板前写下了那个字。

那天，放学的时候，当同学们齐声向她说“再见”的时候，她向全班同学说：“我真高兴。我今天多学会了一个字，我要谢谢这位同学。”我立刻快乐得有如肋下生翅一般——我平生似乎再没有出现那么自豪的时刻。

那以后，我遇见无数学者，他们尊严而高贵，似乎无所不知。但他们教给我的，远不及那个女老师多。她的谦逊，她对人不吝惜的称赞，使我突然间长大了。

如果她不会写“挖”字，那又何妨，她已挖掘出一个小女孩心中宝贵的自信。

有一次，我到一家米店去。

“你明天能把米送到我们的营地吗？”“能。”那个胖女人说。

“我已经把钱给你了，可是如果你们不送，”我不放心地说，“我们又有什么证据呢？”“啊！”她惊叫了一声，眼睛睁得圆突突，仿佛听见一件耸人听闻的罪案，“做这种事，我们是不敢的。”

她说“不敢”两字的时候，那种敬畏的神情使我肃然，她所敬畏的是什么呢？是尊贵古老的卖米行业？还是“举头三尺即有神明”？她的脸，十年后的今天，如果再遇到，我未必能辨认，但我每遇见那无所不为的人，就会想起她——为什么其他的人竟无所畏惧呢？

有一个夏天，中午，我从街上回来，红砖人行道烫得人鞋底都要烧起来似的。忽然，我看到一个衣衫褴褛的中年人疲软地靠在一堵墙上，他的眼睛闭着，黧黑的脸曲扭如一截枯根。不知在忍受什么？他也许是中暑了，需要一杯甘冽的冰水。他也许很忧伤，需要一两句鼓励的话。虽然满街的人潮流动，美丽的皮鞋行过美丽的人行道，但是没有人驻足望他一眼。

我站了一会儿，想去扶他，但我闺秀式的教育使我不能不有所顾忌，如果他是疯子，如果他的行动冒犯我——于是我扼杀了我的同情，让我自己和别人一样漠然地离去。

那个人是谁？我不知道，那天中午他在眩晕中想必也没有看到我，我们只不过是路人。但他的痛苦却盘踞了我的心，他的无助的影子使我陷在长久的自责里。

上苍曾让我们相遇于同一条街，为什么我不能献出一点手足之情，为什么我有权漠视他的痛苦？我何以怀着那么可耻的自尊？如果可能，我真愿再遇见他一次，但谁又知道他在哪里呢？我们并非永远都有行善的机会——如果我们一度错过。

那陌生人的脸于我是永远不可弥补的遗憾。

对于代数中的行列式，我是一点也记不得了。倒是记得那细瘦矮小、貌不惊人的代数老师。那年 7 月，当我们赶到联考考场的时候，只觉得整个人生都摇晃起来，无忧的岁月至此便渺茫了，谁能预测自己在考场后的人生？想不到的是代数老师也在那里，他那苍白而没有表情的脸竟会奔波过两个城市在考场上出现，是颇令人感到意外的。

接着，他蹲在泥地上，捡了一块碎石子，为特别愚鲁的我讲起行列式来。我焦急地听着，似乎从来未曾那么心领神会过。泥土的大地可以成为那么美好的纸张，尖锐的利石可以成为那么流利的彩笔——我第一次懂得。他使我在书本上的朱注之外了解了所谓“君子谋道”的精神。

那天，很不幸的，行列式并没有考，而那以后，我再没有碰过代数书，我的最后一节代数课竟是蹲在泥地上上的。我整个的中学教育也是在那无墙无顶的课室里结束的，事隔十多年，才忽然咀嚼出那意义有多美。

代数老师姓什么？我竟不记得了，我能记得国文老师所填的许多小词，却记不住代数老师的名字，心里总有点内疚。如果我去母校查一下，应该不甚困难，但总觉得那是不必要的，他比许多我记得住姓名的人不是更有价值吗？

不能被增加的人

我很惊讶——原来到最后我连一件礼物都不曾预备。我早就接到她“发愿”的邀请信，当时只觉得要买一件礼物并不是难事。可是，明天，她就要发愿了，我仍然还没找到一件合适的礼物。

初识她是在淡水的一座山头上，古朴的修道院里，青绿的葡萄串尚未熟，四窗的花香里低放着一只巨大的、铜质的十字架，她的白衣服烧灼着异样的白。

她就要正式发愿了，我该送她一件礼物，她们对我那么好，从那么遥远的山上，为我送来自烘的蛋糕，自制的蜡烛。但我却找不到一件可送给她的礼物——在她的发愿之日，在她立志以贫穷、服役为终生目标的日子。

如果我送她一点小摆设，她该放在哪里呢？如果我送她一篮花，那易凋的繁花怎能切合她永恒的誓愿——而且我怀疑她会责备我说：“为什么不用它去周济穷人呢？”

我能送她唇膏吗？亲吻小孤儿的时候，她早已有最美丽的红唇。我能送她胭脂吗？奔波于山径去服役人的时候，她已有最动人的朱颊。我能送她衣料吗？神圣的白袍已将她嫁给理想，世间还有什么花色的衣料足以装点她？有什么臂钏足以辉煌她操作的手臂？有什么项链可以辉映她垂向卑微者的头顶？有什么耳环配悬在那倾听他人忧烦的耳朵？有什么别针可以点缀那忧世的心胸？有什么戒指可以戴上那为人合掌祈祷的手指？

世间这么大，市场这样喧腾，而我却买不到一个可以送给她的礼物。

我打算送一件礼物给一位国外的牧师的时候，同样的困难又产生了。我才忽然发现，这世界上原来有一种人，你简直无法用任何东西来增加他，他自己已是一个完美的宇宙。

也许我可以学别人一样，把猪肉干、牛肉干之类的东西当成土产送给他。但我知道给一个忙碌的、席不暇暖的人，他不可能有时间坐下来嚼零食。

所有的食物似乎都不在他的心上，他的零食不是被忘了，就是分给别人去吃了。

如果我送他一件衬衫或领带夹和袖扣之类的东西，他也不会记得装扮自己的。他的一副眼镜架已经用了十年，松得滑在鼻翼上，他仍然不肯换，只说："何必呢？都成老朋友了，已经有感情了！"

送给他一些小东西放在壁炉架上吗？他选择做牧师的那一天已经告别了沙发椅——而且他也没有壁炉。送他一点奢侈品吗？他的教区住着一些最贫穷的工人，他在他们中间只过着最简朴的日子。任何生活里牵牵绊绊的小物件对他而言都未必有意义，他是一个经常忘记自己的人——他必需别人的反复提醒才会猛然记起自己的存在，他自己是不在他照顾的范围之内的。

也许，我可以送他一本书，但对一个已经拥抱了这世界的人，还有什么书可以增加他的智慧，还有什么知识可以提高他的价值？

原来这世界上有一种人，你简直无法用任何东西来增加他，他自己已是一个完美的宇宙。

谢　谢

我深爱这两个字，这是人类共有的最美丽的语言。

凡不肯说“谢谢”的人，是一个骄傲冷漠的人，他觉得在这个世界过的是“银货两讫”的日子。他是工商业社会的产物，他觉得他不欠谁，不求谁，他所拥有的东西都是他该得的，所以他不需要向谁说“谢谢”。

但我知道，我并不“该”得到什么，我曾赤手空拳来到这个世界，没有人“该”爱我，没有人“该”养我，没有人“该”为我废寝忘食。我也许缴了学费，但老师那份关怀器重是我买得到的吗？我也许付了米钱，但农民的辛劳岂是我那一点儿钱报答得了的？

曾有一个得道的人说：“日日是好日！”用现代语言表达，我要说：“每一天都是感恩节。”

不是在生命退潮的黄昏，而是现在，我要学习说“谢谢”。在日风渐薄的今天，我们越来越少发现涌自内心的谢意，不管是对人的，还是对天的。

其实，值得感谢的岂止是天、地、日、月、星辰？天地三光之上的主宰岂不更该感谢？

在这个茫茫大荒的宇宙中，我们究竟付出了什么而这样理直气壮地坐享一切呢？我们曾购买过“生之入场券”吗？我们曾预定过阳光、函购过月色吗？对于我们每一秒钟都在享用的空气，我们自始至终曾纳过税吗？我们曾喝过多少水？那是出于谁的布施？

然而我们不肯说“谢谢”。

如果花香要付钱，如果无边的年年换新的草原和地毯等价，如果喜马拉雅山和假山一样计石块算钱的话，希腊船王奥纳西斯的遗产够付吗？如果以金钱来计，一个人要献上多少钱，才有资格去观赏令人感动泣下的一个新生婴儿发亮的眼睛和挥舞的小手呢？

然而我们不肯说“谢谢”。

古老的故事里记载：汉武帝以铜做承露盘，高二十丈，大七围。上有仙人掌承露，和玉屑饮之，以求仙。

其实，汉武帝的手法是太麻烦了，承受天露是不必铸造那样高耸入云的承露盘的，如果上帝给任何卑微的小草均沾的露水，他难道会吝惜把百倍丰富的天恩给我们吗？

要求仙，何须制造“露水加玉屑”的特殊饮料呢？

只要我们能像一个单纯的孩童，欣然地为朝霞大声喝彩，为树梢的风向而凝目深思，为人跟人之间的忠诚、友谊而心存感动，为人如果能存着满心美好的激越，岂不比成“仙”更好？那些玉屑调露水的配方并没有使一个雄图大略的汉武帝取得应有的平静祥和，相反的，在他老年时一场疑心生暗鬼的蛊惑里，牵连了上万人的性命。

他永远不曾知道一颗知恩感激的心才是真正的承露盘，才能伸到最高的云霄中，承受最清冽的甘露。

中国人谦逊，总喜欢说“谬赏”、“错爱”，英文里却喜欢说“相信我，我不会使你失望的”。

作为一个中国人，我更能接受的是前一种态度，当有人赞美我或欣赏我时，我心里会暗暗惭愧，我会想：“不！不！我不像你说得那么好，你喜欢我的作品，只能解释为一种缘分，一种错爱。古今中外，可欣赏可膜拜的作品有多少，而你独钟于我，这就使我感激万端。”

我的心在感激时降得更卑微、更低，像一片深陷的湖泊，我因而承受了更多的雨露。

到底应该是由大地来感谢一粒种子呢？还是那种子应该感谢大地呢？

都应该。感谢会使大地更温柔地感到种子的每一下脉动，感谢也会使种子更切肤地接触到大地的体温。“谢谢”使人在漠漠的天地间忽然感到一种“知遇之恩”。“谢谢”使我们忘却怨尤，豁然开朗。

让我们从心底说一声：“谢谢！”——对我们曾身受其惠的人，对我们曾身受其惠的天。

“你的侧影好美！”

中午在餐厅吃完饭，我慢慢地喝着那杯茶。茶并不怎么好，难得的是那天下午并没有什么赶着做的事，因此就慢慢地一口一口地啜着。

柜台那里有个女孩在打电话，这餐厅的外墙整个是一面玻璃，阳光流泻一室。有趣的是那女孩的侧影便整个印在墙上，她人长得平常，侧影却极美。侧影定在墙上，像一幅画。

我坐着，欣赏这幅画。奇怪，为什么别人都不看这幅美人图呢？连那女孩自己也忙着说个不停，她也没空看一下自己美丽的侧影。而侧影这玩意儿其实也很诡异，它非常不容易被本人看到。你一转头去看它，它便不是完整的侧影了，你只能斜眼去偷瞄自己的侧影。

我又坐了一会儿，餐厅里的客人或吃或喝——他们显然都在做他们身在餐厅该做的事。女孩继续说个不停，我则急我的事，我的事是什么事呢？我在犹豫要不要跑去告诉那女孩关于她侧影的事。

她有一个极美的侧影，她自己到底知道不知道呢？也许她长到这么大都没人告诉过她，如果我不告诉她，会不会她一生都不知道这件事？

但如果我跑去告诉她，她会不会认为我神经兮兮，多管闲事？

我被自己的假设苦恼着，而女孩的电话看样子是快打完了。我必须趁她挂上电话却还站在原来位置的时候告诉她。如果她走回自己座位我再拉她站回原地去表演侧影，一切就不再那么自然了。

我有点生自己的气，小小一件事，我也思前想后，拿不出个主意来。啊！干脆老实承认吧！我就是怕羞，怕去和陌生人说话，有这毛病的也不只我一个人吧！好，管他的，我且站起来，走到那女孩背后，破釜沉舟，我就专等她挂电话。

她果真不久就挂了电话。

“小姐！”我急急叫住她，“我有一件事要告诉你……”

“喔……”她有点惊讶，不过旋即打算听我的说辞。

“你知道吗？你的侧影好美，我建议你下次带一张纸，一支笔，把你自己在墙上的侧影描下来……”

“啊！谢谢你告诉我。”她显然是惊喜的，但她并没有大叫大跳。她和我一样，是那种含蓄不善表达的人。

我走回座位，吁了一口气。我终于把我要说的说了，我很满意我自己。

“对！其实我这辈子该做的事就是去告诉别人他所不知道的自己的美丽侧影。”

我有一个梦

我有一个梦，我不太敢轻易地把这梦说给别人听，怕遭人耻笑——毕竟，在这个世界上敢于去梦想的人并不多。

让我把故事从许多年前说起：南台湾的小城，一个女中的校园。六月，成串的黄花沉甸甸地垂自阿勃拉花树。风过处，花雨成阵，松鼠在老树上飞奔如急箭，音乐教室里传来三角大钢琴的琤琮流泉……

啊！我要说的正是那间音乐教室！

我不是一个敏于音律的人，平生也不会唱几首歌，但我仍深爱音乐。这，应该说和那间音乐教室有关吧！

我仿佛记得那间教室：大幅的明亮的窗，古旧却完好的地板，好像是日据时期留下的大钢琴，黄昏时略显昏暗的幽微光线……我们在那里唱《苏莲托岸美丽海洋》，我们在那里唱《阳关三叠》。

所谓学习音乐，应该不止是一本音乐课本、一个音乐老师。它岂不也包括那阵雨初霁的午后，那熏人欲醉的南风，那树梢悄悄的风声，那典雅的光可鉴人的大钢琴，那开向群树的格子窗……

近年来，我有机会参观一些耗资数百万或上千万的自然科学实验室。明亮的灯光下，不锈钢的颜色闪烁着冷然且绝对的知性光芒。令人想起伽利略，想起牛顿，想起历史回廊上那些伟大耸动的名字。实验室已取代古人的孔庙，成为现代人知识的殿堂，人行至此都要低声下气，都要“文武百官，至此下马”。

人文方面的教学也有这样伟大的空间吗？有的。英文教室里，每人一副耳机，清楚的录音带会要你把每一节发音都校正清楚，电视画面上更有生动活泼的镜头，诱导你可以做个“字正腔圆”的“英语人”。

每逢这个时候，我就暗自叹息，在我们这号称为中国的土地上，有没有哪一个教育行政人员，肯把为物理教室、化学教室或英语教室所花的钱匀出一部分用在中国语文教室里的？换句话说，我们可以来盖一间国学讲坛吗？

当然，你会问：“什么叫国学讲坛？国文哪需要什么讲坛？国学讲坛难道需要望远镜或显微镜吗？国文需要光谱仪吗？国文教学不就只是一位戴老花眼镜的老先生凭一把沙哑老嗓就可以廉价解决的事吗？”

是的，我承认，曾经有位母亲，蹲在地上，凭一根树枝、一堆沙子，就这样，她教出了一位欧阳修来。只要有一个公尺见方的地方，只要有一位热诚的教师和学生，就能完成一场成功的教学。

但是，现在是九十年代了，我们在一夕之间已成暴富，手上捧着钱茫茫然不知该做什么……为什么在这种时候，我们仍然要坚持阳春式的国文教学呢？

我有一个梦。（但称它为梦，我心里其实是委屈的啊！）

我梦想在这土地上，除了能为英文为生物为化学为太空科学设置实验室之外，也有人肯为国文设置一间讲坛。

我梦想有一位国文教师在教授“好鸟枝头亦朋友，落花水面皆文章”的时候，窗外有粉色羊蹄甲正落入春水的波面，苦楝树上也刚好传来鸟鸣，周围的环境恰如一篇舞台布景板，处处笺注着白纸黑字的诗。

晚明吴从先有一段文字读之目醉神驰，他说：“斋欲深，槛欲曲，树欲疏，萝薜欲青垂；几席、栏杆、窗窦，欲净澈如秋水；榻上欲有烟云气；墨池、笔床，欲时泛花香。读书得此护持，万卷尽生欢喜。琅嬛仙洞，不足羡矣。”

吴从先又谓：“读史宜映雪，以莹玄鉴；读子宜伴月，以寄远神……读《山海经》、《水经》、丛书、小史，宜倚疏花瘦竹，冷石寒苔，以收无垠之游，而约缥缈之论；读忠列传，宜吹笙鼓瑟以扬芳；读奸佞论，宜击剑捉酒以销愤；读《骚》宜空山悲号，可以惊壑；读赋宜纵水狂呼，可以旋风……”

——啊，不，这种梦太奢侈了！要一间平房，要房外的亭台楼阁花草树木，要春风穿户，夏雨叩窗的野趣，还要空山幽壑，笙瑟溢耳。这种事，说出来——谁肯原谅你呢？

那么，退而求其次吧！只要一间书斋式的国学讲坛吧！要一间安静雅洁的书斋，有中国式的门和窗，有木质感觉良好的桌椅，你可以坐在其间，你可以第一次觉得做一个中国人也是不错的事，也有其不错的感觉。

那些线装书——就是七十多年前差点丢到茅厕坑里的那批——现在拿几本来放在桌上吧！让年轻人看看宋刻本的书有多么典雅娟秀，字字耐读。

教师的前方，不妨有“杏坛”两字，如果制成匾，则悬挂高墙，如果制成碑，则立在地上。根据《金石索》的记录，在山东曲阜的圣庙前，有金代党怀英所书“杏坛”两字，碑高六尺（指汉制的六尺），宽三尺，字大一尺八寸。我没有去过曲阜，不知那碑如今尚在否？如果断碑尚存，则不妨拓回来重制，如果连断碑也不在了，则仍可根据《金石索》上的图样重刻回来。

唐人钱起的诗谓："更怜童子宜春服，花里寻师到杏坛。"百年来我们的先辈或肝脑涂地或胼手胝足，或躲在防空洞里读其破本残卷，或就着油灯饿着肚子皓首穷经——但这一切是为了什么？岂不是为了让我们的下一代活得幸福光彩，让他们可以穿过美丽的花径，走到杏坛前去接受教化，去享受一个中国少年的对中国文化理所当然的继承权。

教室里，沿着墙，有一排矮柜，柜子上，不妨放些下课时可以把玩的东西。一幅竹子搁臂，凉凉的，上面刻着诗。一个仿制的古瓮，上面刻着元曲，让人惊讶古代平民喝酒之际也不忘诗趣。一把仿同治时代的茶壶，肚子上面刻着一圈二十个字："落雪飞芳树，幽红雨淡霞，薄月迷香雾，流风舞艳花。"学生正玩着的时候，你可以告诉孩子们这是一首回文诗，全世界只有中国的语言可以做的回文诗。而所谓的回文诗，你可以从任何一个字念起，意思都通，而且都押韵。当然，如果教师有点语言学的知识，他可以告诉孩子汉语都是孤立语（Isolating Language），跟英文所属的屈折语（Inflectional Language）不同。至于仿长沙马王堆的双耳漆器酒杯，由于是砂胎，摇起来里面还会响呢！这比电动玩具可好玩多了吧？酒杯上还有篆文，“君幸酒”三个字，可堪细细看去。如果找到好手，也可以用牛肩胛骨做一块仿古甲骨文，所谓学问，有时固然自苦读中得来，有时也不妨从玩耍中得来。

墙上也有一大片可利用的地方，拓一方汉墓石，如何？跟台北画价动辄十万相比，这些古物实在太便宜了，那些画像砖之浑朴大方，令人悠然神往。

如果今天该讲岳飞的《满江红》，何不托人到杭州岳王坟上拓一张岳飞真迹来呢？今天要介绍“月落乌啼霜满天”吗？寒山寺里还有俞樾那块诗碑啊！如果把康南海的那一幅比照来看，就更有意思，一则“古钟沦日史”的故事已呼之欲出。杜甫成都浣花溪的千古风情，或诸葛武侯祠的高风亮节，都可以在一幅幅挂轴上留下来。

你喜欢有一把古琴或古筝吗？有，也可以，没有，也可以。这种事不妨即兴。

你喜欢有一点檀香加茶香吗？有，也可以，没有，也可以，这种事只消随缘。

如果学生兴致好，他们可以在素净的钵子里养一盆素心兰，这样，他们会了解什么叫中国式的芬芳。

教室里不妨有点音响设备，让听惯麦当娜的耳朵，听一听什么叫笛？什么叫箫？什么叫“巴乌”？什么叫鬵築……

你听过“鱼洗”吗？一只铜盆，里面刻镂着细致的鱼纹，你在盆里注上大半盆水，然后用手微微打湿，放在铜盆的双耳上摩擦，水就像细致如丝的喷柱，激射而出——啊，世界上竟有这么优雅的玩具。当然，如果你要用物理上的“共振”来解释它，也很好。如果你不解释，仅只让下了课的孩子去“好奇”一下，也就算够本。

如果有好端砚，就放一方在那里。你当然不必迷信这样做就能变化气质。但砚台也是可以玩可以摸的，总比玩超人好吧？那细致的石头肌理具有大地的性格，那微凹的地方是时间自己的雕痕。

你要让年少的孩子去吃麦当劳，好吧，由你。你要让他们吃肯德基？好，请便。但，能不能，在他年少的时候，在小学，在中学，或者在大学，让他有机会坐在一间中国式的房子里。让他眼睛看到的是中国式的家具和摆设，让他手摸到的是中国式的器皿，让他——我这样祈祷应该不算过分吧——让他忽然对自己说：“啊，我是一个中国人！”

音乐有教室，因为它需要一个地方放钢琴。理化有教室，以为它需要一个空间放仪器。体育则花钱更多。那么，容不容许辟一间国学讲坛呢？这样的梦算不算妄想呢？如果我说，教国文也需要一间讲坛——那是因为我有一整个中国想放在里面啊！

我有一个梦！这是一个不忍告诉别人，又不忍不告诉别人的梦啊！

不　识

两个人坐着谈话，其中一个是高僧，另一个是皇帝，皇帝说："你识得我是谁吗？我——就是这个坐在你对面的人。"

"不，不识。"

他其实是认识并了解那皇帝的，但是他却回答说"不识"。也许在他看来，人与人之间其实都是不识的。谁又曾经真正认识过另一个人呢？传记作家也许可以把翔实的资料一一列举，但那人并不在资料里——没有人是可以用资料来加以还原的。

而就连我们自己，也未必识得自己吧？杜甫，终其一生，都希望做个有所建树出民水火的好官。对于自己身后可能以文章名世，他反而是不无遗憾的。他似乎从来不知道自己是有唐一代最优秀的诗人，如果命运之神允许他以诗才来换官位，他是会换的。

家人至亲，我们自以为极亲爱极了解的，其实我们所知道的也只是肤表的事件而不是刻骨的感觉。刻骨的感觉不能重现，它随风而逝，连事件的主人也不能再拾。

而我们面对面却瞠目不相识的，恐怕是生命本身吧？我们活着，却不知道何谓生命？更不知道何谓死亡？

父亲的追思会上，我问弟弟：

“追诉平生，就由你来吧，你是儿子。”

弟弟沉吟了一下，说：

“我可以，不过我觉得你知道的事情更多些，有些事情，我们小的没赶上。”

然而，我真的知道父亲吗？我们曾认识过父亲吗？我愣然不知怎么回答。

“小的时候，家里穷，除了过年，平时都没有肉吃，如果有客人来，就去熟肉铺子切一点肉，偶尔有个挑担子卖花生米小鱼的人经过，我们小孩子就跟着那个人走。没的吃，看看也是好的，我们就这样跟着跟着，一直走，都走到隔壁庄子去了，就是舍不得回头。”

那是我所知道的，他最早的童年故事。我有时忍不住，想掏把钱塞给那九十年前的馋嘴小男孩，想买一把花生米小鱼填填他的嘴……

我问我自己，你真的了解那小男孩吗？还是你只不过在听故事？如果你不曾穷过饿过，那小男孩巴巴的眼神你又怎么读得懂呢？

我想，我并不明白那贫穷的小孩，那傻乎乎地跟着小贩走的小男孩。

读完徐州城里的第七师范的附小，他打算读第七师范，家人带他去见一位堂叔，目的是借钱。

堂叔站起身来，从一把旧铜壶里掏出二十一块银元。

堂叔的那二十一块银元改变了父亲的一生。

我很想追上前去看一看那目光炯炯的少年，渴于知识渴于上进的少年。我想看一看那堂叔看着他的怜爱的眼神。他必是族人中最聪明俊发的孩子，堂叔才慨然答应借钱的吧！听说小学时代，他每天上学都不从市内走路，嫌人车杂沓。他宁可绕着古城周围的城墙走，他一面走，一面大声背书。那意气飞扬的男孩，天下好像没有可以难倒他的事。

然而，我真认识那孩子吗？那个捧着二十一块银元来向这个世界打天下的孩子。我平生读书不过只求缘尽兴而已，我大概不能懂得那一心苦读求上进的人，那孩子，我不能算是深识他。

“台湾出的东西，就是没老家的好！”父亲总爱这么感叹。

我有点反感，他为什么一定要坚持老家的东西比这里好呢？他离开老家都已经这么多年了。

“老家没有的就不说了，咱说有的，譬如这香椿。”他指着院子里的香椿树，台湾的，“长这么细细小小一株。在我们老家，那可是和榕树一样的大树咧！而且台湾是热带，一年到头都能长新芽，那芽也就不嫩了。在我们老家，只有春天才冒得出新芽来，忽然一下，所有的嫩芽全冒出来了，又厚又多汁，大人小孩全来采呀，采下来用盐一揉，放在格架上晾，一面晾那架子上腌出来的卤汁就呼噜——呼噜——地一直流，下面就用盆接着，那卤汁下起面来，那个香呀——”

我吃过韩国进口的盐腌香椿芽，从它的形貌看来，揣想它未腌之前一定也极肥厚，故乡的香椿芽想来也是如此。但父亲形容香椿在腌制的过程中竟会“呼噜——呼噜——”流汁，我被他言语中的象声词所惊动，那香椿树竟在我心里成为一座地标，我每次都循着那株香椿树去寻找父亲的故乡。

但我真的明白那棵树吗？

父亲晚年，我推轮椅带他上南京中山陵，只因他曾跟我说过：“总理下葬的时候，我是军校学生，上面在我们中间选了些人去抬棺材，我被选上了……”

他对总理一心崇敬——这一点，恐怕我也无法十分了然。我当然也同意孙中山是可敬佩的，但恐怕未必那么百分之百的心悦诚服。

“我们，那个时候……读了总理的书……觉得他讲的才是真有道理……”

能有一人令你死心塌地，生死追随，父亲应该是幸福的——而这种幸福，我并不能体会。

年轻时的父亲，有一次去打猎。一枪射出，一只小鸟应声而落，他捡起一看，小鸟已肚破肠流，他手里提着那温暖的肉体，看着那腹腔之内一一俱全的五脏，忽然决定终其一生不再射猎。

父亲在同事间并不是一个好相处的人，听母亲说有人给他起个外号叫“杠子手”，意思是耿直不圆转，他听了也不气，只笑笑说“山难改，性难移”。他是很以自己的方正棱然自豪的，从来不屑于改正。然而在那个清晨，在树林里，对一只小鸟，他却生慈柔之心，誓言从此不射猎。

父亲的性格如铁如砧，却也如风如水——我何尝真正了解过他？

《红楼梦》第一百二十回，贾政眼看着光头赤脚身披红斗篷的宝玉向他拜了四拜，转身而去，消失在茫茫雪原里，说：

“竟哄了老太太十九年，如今叫我才明白——”

贾府上下数百人，谁又曾明白宝玉呢？家人之间，亦未必真能互相解读吧？

我于我父亲，想来也是如此无知无识。他的悲喜、他的起落、他的得意与哀伤、他的憾恨与自足，我哪里都能一一探知、一一感同身受呢？

蒲公英的散蓬能叙述花托吗？

不，它只知道自己在一阵风后身不由己地和花托相失相散了，它只记得叶嫩花初之际，被轻轻托住的安全的感觉。它只知道，后来，就一切都散了，胜利的也许是生命本身，草原上的某处，会有新的蒲公英冒出来。

我终于明白，我还是不能明白父亲。至亲如父女，也只能如此。世间没有谁识得谁，正如那位高僧说的。

我觉得痛，却亦转觉释然，为我本来就无能认识的生命，为我本来就无能认识的死亡，以及不曾真正认识的父亲。原来没有谁可以彻骨认识谁，原来，我也只是如此无知无识。

包　子

有个亲戚死了，在遥远的故土。消息传来，已是半年之后，我的悲伤也因不合节拍而显得有些荒谬。何况彼此是远亲，毫无血缘关系。但毕竟我握过她枯纤如柴的老手，感觉过她泪水滴落在我腕上的温度，也曾惊讶地看她住在黑如地穴的破屋里，手捧一把小炭篮与之相依为命。毕竟我也曾为她去买她视为仙丹的西洋参丸，听她说凄凉的晚境……

然而，这个生命却消失了，微贱如蚁。

好些日子以来，我昼思夜梦的常是那老妇人被儿子恶吼一声的悲怔。

那天，我和丈夫去看她，时间是上午，我们谈了两小时的话，赶在中午以前离去。她依依不舍，抵死要留我们吃饭，但环堵萧然，她哪里有饭可供我们吃？不得已，她说：

“这么远来，不吃饭就走，怎么行？我到巷子口买包子……”

忽然，她的儿子回过头来，愤然大骂一声：

“哼，包子！台湾来的人会吃你那包子!?”

老妇人立刻噤声了，我和丈夫一时也不敢回腔。那年轻人，西装笔挺，骑着威风的摩托车，时不时地跑深圳做一票生意，有时赔有时赚，但老不够他花用。老母，则丢在那里任她自生自灭。

这老妇人，因为待客的盛情，一时忘了的那份自卑感，此刻给儿子一吼，全部不安又惶愧，仿佛她真说错了话做错了事似的。

我当时心中暗怒激涌，恨不得大声骂回去，说：

“怎么样，我是台湾来的，但我就偏要吃这包子！我的嘴巴可能因为富裕的生活养刁了，我可能看这包子又肥又粗不堪入口，可是我还懂得礼数，我还知道对长辈的好意理该恭敬接受！”

但我终于按捺住，毕竟人家是母子，我若骂回去，虽逞了一时之快，恐怕长辈觉得连我这外人都如此贴心，想起儿子就更伤感了。我只好说：

“下次吧！”

“你看，第一次来，什么都没吃，就要走……”她捉住我的手不放，老泪爬满一脸，“晓风，我第一次看到你呀，我一看你就知道你这人好，我是真喜欢你，唉，我也没东西送你，你看，饭也不吃，就要走……”

对她而言，我大概等于她所有在台湾的已死的和未死的亲戚，而那些亲戚长辈又代表着一切逝去的再也不肯回来的美好岁月。

我一面拍着她的背，一面喃喃保证：

“会再来的，会的、会的，你留步，下回来，我们去吃包子。”“今天有事要走，下次来，一定吃你这包子。”

然而，有些事，是没有下次的了。老人撒手而去。

如果，有一天，你在某个大陆巷落里，你在穿过公厕穿过破檐人家的窄道上，遇见一个奇怪的远方女子，手里拿着一团热腾腾的包子，一面流泪，一面咀嚼，那人，就是我。

尘　缘

大约两岁吧，那时的我。父亲中午回家吃完饭，又要赶回办公室。我不依，抓住他宽宽的军腰带不让他系上，“你系上这个就是要走了，我不要！”我抱住他的腿不让他走。

那个年代的军人军纪如山，父亲觉得迟到之罪近乎通敌。他一把抢回了腰带，还打了我——这事我当然不记得了，是父亲自己事后多次提起，我才印象深刻。父亲每提及此事，总露出一副深悔的样子，我有时想，挨那一顿打也真划得来啊，父亲因而将此事记了一辈子，悔了一辈子。

那时，两岁的我不想和父亲分别。半个世纪之后，我依然要赖，依然想抓住什么留住父亲，依然对上帝说：“把爸爸留给我吧！留给我吧！”然而上帝没有允许我的强留。

当年小小的我不知道自己为什么留不住爸爸，半个世纪后，我仍然不明白父亲为什么非走不可。当年的我知道他系上腰带就会走，现在的我知道他不思饮食、记忆涣散便也是要走。然而，我却一无长策，眼睁睁看着老迈的他杳然而逝。

记忆中小时候，父亲总是带我去田间散步，教我阅读名叫“自然”的这部书。他指给我看螳螂的卵，他带回被寄生蜂下过蛋的蛹。后来有一次我和五阿姨去散步，三岁的我偏头问阿姨道：“你看，菜叶子上都是洞，是怎么来的？”

“虫吃的。”阿姨当时是大学生。

“那，虫在哪里？”

阿姨答不上来，我拍手大乐。

“哼，虫变蛾子飞跑了，你都不知道，虫变蛾子飞跑了！你都不知道！”

我对生物的最初惊艳，来自父亲，我为此感激终生。

然而父亲自己蜕化而去的时候，我却痛哭不依。他化蝶远飏，我却总不能相信这种事竟然发生了，那么英武而强壮的父亲，谁把他偷走了？

父亲九十一岁那年，我带他回故乡。距离他上一次回乡，前后是五十九年。

“你不是‘带’爸爸回去，是‘陪’爸爸回去。”

我的朋友纠正我。

“可是，我的情况是真的需要‘带’他回去。”

我们一行四人，爸爸妈妈我和护士。我们用轮椅把他推上飞机，推入旅馆，推进火车。火车一离南京城，就到了滁县。我起先吓了一跳，“滁州”这种地方好像应该好好待在欧阳修的《醉翁亭记》里，怎么真的有个滁州在眼前。我一路问父亲，现在是哪一站了，他一一说给我听，我问他下一站的站名，他也能回答上来。奇怪，平日颠三倒四的父亲，连刚吃过午饭都会旋即忘了又要求母亲开饭，怎么一到了滁州城附近就如此凡事历历分明起来？

“姑娘（即姑母）在哪里？”

“渚兰。”

“外婆呢？”

“住宝光寺。”

其他亲戚的居处他说来也都了若指掌，这是他魂里梦里的所在吧？

“大哥，你知道这是什么田？”三叔问他。

“知道，”爸爸说，“白芋田。”

白芋就是白番薯的意思，红番薯则叫红芋。

不知为什么，近年来他像小学生，总乖乖回答每一道问题。

“翻白芋秧子你会吗?”三叔又问。

“会。”

白芋秧子就是番薯叶，这种叶子生命力极旺盛，如果不随时翻它，它就会不断抽长又不断扎根，最后白芋就长不好了。所以要不断叉起它来，翻个面，害它不能多布根，好专心长番薯。

年轻时的父亲在徐州城里念师范，每次放假回家，便帮忙农事。我想父亲当年年轻，打着赤膊，在田里执叉翻叶，那个男孩至今记得白芋叶该怎么翻。想到这里，我心下有一份踏实，觉得在茫茫大地上，也有某一块田是父亲亲手料理过的，我因而觉得一份甜蜜安详。

父亲回乡，许多杂务都是一位安营表哥打点的，包括租车和食宿的安排。安营表哥的名字很特别，据说那年有军队过境，在村边安营，表哥就叫了安营。

“这位是谁你认识吗?”我们问父亲。

“不认识。”

“他就是安营呀!”

“安营?”父亲茫然,“安营怎么这么大了?”

这组简单的对话，一天要说上好几次，然而父亲总是不能承认面前此人就是安营。上一次，父亲回家见他，他年方一岁，而今他已是儿孙满堂的六十岁老人。去家离乡五十九年，父亲的迷糊我不忍心用“老年痴呆”来解释。两天前我在飞机上见父亲读英文报，便指些单词问他：“这是什么词？”

“西藏。”

“这个呢？”

“以色列。”

我惊讶他一一回答，奇怪啊，父亲到底记得什么又到底不记得什么呢？

我们到田塍边谒过祖父母的坟，爸爸忽然说：“我们就回家去吧！”

“家？家在哪里？”我故意问他。

“家，家在屏东呀！”

我一惊，这一生不忘老家的人其实是以屏东为家的。屏东，那永恒的阳光的城垣。

家族中走出一位老妇人，是父亲的二堂婶，是一切家人中最老的，九十三了，腰杆笔直，小脚走得踏实迅快，她把父亲看了一眼，用乡下人简单而大声的语言宣布：“他迂了！”

迂，就是乡人说的“老年痴呆”的意思，我的眼泪立刻涌出来，我一直刻意闪避的字眼，这老妇人竟直截了当地道了出来，如此清晰而残忍。

我开始明白“父母在”和“父母健在”是不同的，但我仍依恋不舍。

幼小的时候，父亲不断告别我们，及至我十七岁读大学，便是我告别他了。我现在才知道，虽然我们共度了半个世纪，我们仍算父女缘薄！这些年，我每次回屏东看他，他总说：“你是有演讲，顺便回来的吗？”

我总嗯哼一声带过去。我心里想说的是，爸爸啊，我不是因为要演讲才顺便来看你的，我是因为要看你才顺便答应演讲的啊！然而我不能说，他只容我“顺便”看他，他不要耽误我正事。

有一年中秋节，母亲去马来西亚探望妹妹，父亲一人在家，我不放心，特意南下去陪他，他站在玄关处骂起我来：“跟你说不用回来，不用回来，你怎么又跑回来了？你回来，回去的车票买不到怎么办？叫你别回来，不听。”

我有点不知所措，中秋节，我丢下丈夫孩子来陪他，他反而骂我。但愣了几秒钟后，我忽然明白了，这个铮铮的北方汉子，他受不了柔情，他不能忍受让自己接受爱宠，他只好骂我。于是我笑笑，不理他，且去动手做菜。

父亲对母亲也少见浪漫镜头，但有一次，他把我叫到一边，说：“你们姐妹也太不懂事了！你妈快七十的人了，她每次去台北，你们就这个要五包凉面，那个要一只盐水鸭，她哪里提得动？”母亲比父亲小十一岁，我们一直都觉得她是年轻的那一个，我们忘记她也在老。又由于想念屏东眷村老家，每次就想要点美食来解乡愁，只有父亲看到母亲已不堪提携重物。

由于父亲是军人，而我们子女都不是，没有人知道他在他那行算怎样一个人物。连他得过的二枚云麾勋章，我们也弄不清楚相当于多大的战绩。但我读大学时有次站在公车上，听几个坐在我前面的军人谈论陆军步兵学校的人事，不觉留意。父亲曾任步校的教育长、副校长，有一阵子也代理校长。我听他们说着说着就提到父亲，我心跳起来，不知他们会说出什么话来，只听一个说：“他这人是个好人。”

又一个说：“学问也好。”

我心中一时激动不已，能在他人口碑中认识自己父亲的好，真是幸运。

又有一次，我和丈夫孩子到鹭鸶潭去玩，晚上便宿在山间。山中有几椽茅屋，是些老兵盖来做生意的。

我把身份证拿去登记，老兵便叫了起来："呀，你是张家闲的女儿，副校长是我们老长官了，副校长道德学问都好的，这房钱，不能收了。"

我当然也不想占几个老兵的便宜，几经推让，他们打了折扣收钱。其实他们不知道，我真正受惠的不是那一点折扣，而是从别人眼中看到的父亲正直崇高的形象。

八十九岁，父亲做白内障手术，打了麻药还没有推入手术室，我找些话跟他说，免得他太快睡着。

"爸爸，杜甫，你知道吗？"

"知道。"

"杜甫的诗你知道吗？"

"杜甫的诗那么多，你说哪一首啊？"

"我说《兵车行》，'车辚辚'下面是什么？"

"马萧萧。"

"再下面呢？"

"行人弓箭各在腰。耶娘妻子走相送，尘埃不见咸阳桥。牵衣顿足拦道哭，哭声直上干云霄……"

我的泪直滚滚地落下来，不知为什么，透过一千二百年前的语言，我们反而狭路相遇。

人间的悲伤，无非是生离和死别，战争是生离和死别的原因，但，衰老也是啊！父亲垂老，两目视茫茫，然而，他仍记得那首哀伤的唐诗。父亲一生参与了不少战争，而与衰老的战争却是最最艰辛难支的战争吧？

父亲去时是清晨五时半，终于，所有的管子都拔掉了，九十四岁，父亲的脸重归安谧祥和。我把加护病房的窗帘打开，初日正从灰红的朝霞中腾起，穆穆皇皇，无限庄严。

我有一袋贝壳，是以前旅游时陆续拣的。有一天整理东西，忽然想到它们原是属于海洋的。它们已经暂时陪我一段时光了，一切尘缘总有个了结，于是决定把它们一一放回大海。

而我的父亲呢？父亲也被归回到什么地方去了吗？那曾经剑眉星目的英武男子，如今安在？我所挽留不住的，只能任由永恒取回。而我，我是那因为一度拥有贝壳而聆听了整个海潮音的小孩。

愁乡石

到“鹅库玛”度假去的那一天，海水蓝得很特别。

每次看到海，总有一种瘫痪的感觉，尤其是看到这种碧入波心的、急速涨潮的海。这种向正前方望去直对着上海的海。

“只有四百五十海里。”他们说。

我不知道四百五十海里有多远，也许比银河还迢遥吧？每次想到上海，总觉得像历史上的镐京或洛邑那么幽渺，那样让人牵起一种又凄凉又悲怆的心境。我们面海而立，在浪花与浪花之间追想多柳的长安与多荷的金陵，我的乡愁遂变得又剧烈又模糊。

可惜那一片江山，每年春来时，全交付给了千林啼鴂。

明孝陵的松涛在海浪中来回穿梭，那种声音、那种色泽，恍惚间竟那么相像。记忆里那一片乱映的苍绿已经好虚幻好缥缈了，但不知为什么，老忍不住用一种固执的热情去思念它。

有两三个人影徘徊在柔软的沙滩上，拣着五彩的贝壳。那些炫人的小东西像繁花一样地开在白沙滩上，给发现的人一种难言的惊喜。而我站在那里，无法让悲激的心怀去适应一地的色彩。

蓦然间，沁凉的浪打在我的脚上，我没有料到那一下冲撞竟有那么裂人心魄。想着海水所向的方向，想着上海某一个不知名的滩头，我便有一种号哭的冲动。而哪里是我们可以恸哭的秦庭？哪里是申包胥可以流七日泪水的地方？此处是异国，异国寂凉的海滩。

他们叫这一片海为中国海，世上再没有另一个海有这样美丽沉郁的名字了。小时候曾经那么神往于爱琴海，那么迷醉于想象中那抹灿烂的晚霞，而现在，在这个无奈的多风的下午，我只剩下一个爱情，爱我自己国家的名字，爱这个蓝得近乎哀愁的中国海。

而一个中国人站在中国海的沙滩上遥望中国，这是一个怎样咸涩的下午！

遂想起那些在金门的日子，想起在马山看对岸的岛屿，在湖井头看对岸的何厝。望着那一带山峦，望着那曾使东方人骄傲了几千年的故土，心灵便脆薄得不堪一声海涛。那时候忍不住想到自己为什么不是一只候鸟，犹记得在每个江南草长的春天回到旧日的梁前，又恨自己不是鱼，可以绕着故国的沙滩岩岸而流泪。

海水在远处澎湃，海水在近处澎湃，海水徒然地冲刷着这个古老民族的羞耻。

我木然地坐在许多石块之间，那些灰色的，轮流着被海水和阳光煎熬的小圆石。

那些岛上的人很幸福地过着他们的日子，他们在历史上从来不曾辉煌过，所以他们不必痛心。他们没有骄傲过，所以无须悲哀。他们那样坦然地说着日本话，给小孩子起日本名字，在国民学校的旗杆上竖着别人的太阳旗，他们那样怡然地顶着东西、唱着歌，走在美国人为他们铺的柏油路上。

他们有他们的快乐。那种快乐是我们永远不会有也不屑有的。我们所有的只是超载的乡愁，只是世家子弟的那份茕独。

海浪冲逼而来，在阳光下亮着残忍的光芒。海雨天风，在在不放过旅人的悲思。我们向哪里去躲避？我们向哪里去遗忘？

小圆石在不绝的浪涛中颠簸着，灰白的色调让人想起流浪的霜鬓。我拣了几个，包在手绢里，我的臂膀遂有着十分沉重的感觉。

忽然间，就那么不可避免地忆起了雨花台，忆起那闪亮了我整个童年的璀璨景象。那时候，那些彩色的小石曾怎样地令我迷惑。有阳光的假日，满山的拣石者挑剔地品评着每一块小石子。那段日子为什么那么短呢？那时候我们为什么不能预见自己的命运？在去国离乡的岁月里，我们的箱箧里没有一撮故国的泥土，更不能想象一块雨花台石子的奢侈了。

灰色的小圆石一共七颗。它们停留在海滩上想必已经很久了，每一次海浪的冲撞便使它们更浑圆一些。雕琢它们的是中国海的浪头，是来自上海的潮汐，日日夜夜，它们听着遥远的消息。

那七颗小石转动着，它们便发出琅琅的声音，那声音里有一种神秘的回响，呢喃着这个世纪最大的悲剧。

“你拣的就是这个？”

游伴们从远远近近的沙滩上走了回来，展示着他们色彩缤纷的贝壳。

而我什么也没有，除了那七颗黯淡的灰色石子。

“可是，我爱它们。”我独自走开去，把那七颗小石压在胸口上，直压到我疼痛得淌出眼泪来。在流浪的岁月里我们一无所有，而今，我却有了它们。我们的命运多少有些类似，我们都生活在岛上，都曾日夜凝望着一个方向。

“愁乡石！”我说，我知道这必是它的名字，它绝不会再有其他的名字。

我慢慢地走回去，鹅库玛的海水在我背后蓝得叫人崩溃，我一步一步艰难地摆脱它。而手绢里的愁乡石响着，响着久违的乡音。

无端地，无端地，又想起姜白石，想起他的那首《八归》。

最可惜那一片江山，每年春来时，全交付给了千林啼鴂。

愁乡石响着，响着一片久违的乡音。

后记：鹅库玛系冲绳岛极北端之海滩，多有异石悲风。西人设基督教华语电台于斯，以其面对上海及广大的内陆地域。余今秋（一九六七年。编者注）曾往一游，去国十八年，虽望乡亦情怯矣。是日徘徊低吟，黯然久之。

香　椿

香椿芽刚冒上来的时候，是暗红色，仿佛可以看见一股地液喷上来，把每片嫩叶都充了血。

每次回屏东娘家，我总要摘一大抱香椿芽回来。孩子们都不在家，老爸老妈坐对四棵前后院的香椿，当然是来不及吃的。

记忆里妈妈不种什么树，七个孩子已经够排成一列树栽子了，她总是说："都发了人了，就发不了树啦！"可是现在，大家都走了，爸妈倒是弄了前前后后满庭的花，满庭的树。

我踮起脚来，摘那最高的尖芽。

不知为什么，椿树是传统文学里被看作一种象征父亲的树。对我而言，椿树是父亲，椿树也是母亲，而我是站在树下摘树芽的小孩。那样坦然地摘着，那样心安理得地摘，仿佛做一棵香椿树就该给出这些嫩芽似的。

年复一年我摘取，年复一年，那棵树给予。

我的手指已习惯于接触那柔软潮湿的初生叶子的感觉，那种攀摘令人惊讶浩叹，那不胜柔弱的嫩芽上竟仍把得出大地的脉动，所有的树都是大地单向而流的血管，而香椿芽，是大地最细致的微血管。

我把主干拉弯，那树忍着，我把支干扯低，那树忍着，我把树芽采下，那树默无一语。我撇下树回头走了，那树在伤痕上自己努力结了疤，并且再长新芽，以供我下次攀摘。

我把树芽带回台北，放在冰箱里，不时取出几枝，切碎，和蛋，炒得喷香的放在餐桌上，我的丈夫和孩子争着嚷着说炒得太少了。

我把香椿夹进嘴里，急急地品味那奇异的芳烈的气味，世界仿佛一刹那凝止下来，浮士德在魔鬼给予的种种尘世欢乐之后仍然迟迟说不出口的那句话，我觉得我是能说的。

“太完美了，让时间在这一瞬间停止吧！”

不纯是为了那树芽的美味，而是为了那背后种种因缘，岛上最南端的小城，城里的老宅，老宅的故园，园中的树，象征父亲也象征母亲的树。

万物于人原来是可以如此亲和的。吃，原来也可以像宗教一般庄严肃穆的。

你欠我一个故事

一

那个人，我不知道他的名字，却和他打过两次照面——也许是两次半吧！

大约是一九九一年，我因事去北京开会。临行有个好心又好事的朋友，给了我一个地址，要我去看一位奇医，我一时也想不出自己有什么大病，就随手塞在行囊里。

在北京开会之余，发现某个清晨可以挤出两个小时空当，我就真的按着地址去张望一下。那地方是个小陋巷，奇怪的是一大早八点钟离医生开诊还有一小时，门口已排了十几个病人，而那些病人又毫无例外地全是台胞。

他们各自拎个热水瓶，问他们干吗，他们说医生会给他们药。又问他们诊疗费怎么算。他们说随便包，不过他们都会给上千元台币。

其中有个清癯寡欢的老兵站在一旁。我为什么说他是老兵？大概因为他脸上有某种烽烟战尘之后的沧桑。

“你是从台湾过来的吗？”

“是的。”

“台湾哪里？”

“屏东。”

“呀！”我差点跳起来，“我娘家也住屏东，你住屏东哪里？”

“靠机场。”

“哎呀！”我又忍不住叫了一声，“我娘家就在胜利路呢——那，你府上哪里？”

“江苏徐州。”

其实最后那个问题问得有点多余，我几乎早已知道答案了，因为他的口音和我父亲几乎是一模一样的。

“生什么病呢？”

“肺里长东西。”

“吃这医生的药有效吗？”

“好像是好些了，谁知道呢？”

由于是初次见面，不好深谈人家的病，但又因为是同乡兼邻居，也有份不忍遽去之情。于是没话说，只淡淡地对站着。不料他忽然说：

“我生病，我谁都没说，我小孩在美国读书，我也不让他们知道，知道了又有什么用？还不是白操心。他们念书，各人忙各人的，我谁也不说，我就自己来治病了。”

“哎呀！这样也不太好吧？你什么都自己担着，也该让小孩知道一下啊！”

“小孩有小孩的事，就别去让他们操心了——你害什么病？”

“我？哎，我没什么病，只听人说这里有位名医，也来望望。啊哟，果真门庭若市，我还有事，这就要走了。”

我走了。他的脸在忙碌的日程里渐渐给淡忘了。

二

一九九三年，我带着父亲回乡探亲。由于父亲年迈，旅途除了我和母亲之外，还请了一位护士J小姐同行。

等把这奇异的返乡仪式完成，我们四人坐在南京机场等飞机返台。在大陆，无论吃饭赶车，都像在抢什么似的心慌。此刻，因为机场报到必须提早两小时，手续办完倒可神闲气定地坐一下。

我于是和J小姐起身把候机室逛了一圈。候机室不大，商场也不太有吸引力，我们走着走着，不知不觉在一位旅客面前停了下来。

J小姐忽然大叫了一声说：

“咦？怎么你也在这里？”

我定睛一看，不禁同时叫了起来：

“咦？又碰到了，我们不是在北京见过面吗？你吃那位医生的药后来效果如何？病都好了一点吗？”

“唉，别提了，别提了，愈吃愈坏了，病也耽误了，全是骗钱的！”

J小姐说，他们是邻居，在屏东。

聊了一阵，等上飞机我跟J小姐说：

“他这人也真了不起呢！病了，还事事自己打点，都不告诉他小孩！”

“啊呀！你乱说些什么呀？”J小姐瞪了我一眼，“他哪有什么小孩？他住我家隔壁，一个老兵，一个孤老头子。连老婆都没有，哪来小孩？”

我吓了一跳，立刻噤声，因为再多说一句，就立刻会把这老兵在邻里中变成一个可鄙的笑话。

三

白云勤拭着飞机的窗口。

唉，事隔两年，我经由这偶然的机缘知道了真相，原来那一天，他跟我说的全是谎言。

但他为什么要骗我呢？他骗我，也并没有任何好处可得啊！

想着想着我的泪夺眶而出，因为我忽然明白了：在北京那个清晨，那人跟我说的情节其实不是“谎言”，而是“梦”。

在一个遥远的城市，跟一个陌生人对话，不经意地，他说出了他的梦，他的不可能实现的梦；他梦想他结了婚，他梦想他拥有妻子，他梦想他有了孩子，他梦想儿子女儿到美国去留学。

然而，在现实的世界里，他没有钱，没有地位，没有学问，没有婚姻，没有子女，最后，连生命的本身也无权掌握。

他的梦，并不是夸张，本来也并不太难于兑现。但对他而言，却是雾锁云埋，永世不能触及的神话。

不，他不是一个说谎的人，他是一个说梦的人。他的虚构的故事如此真切实在，令我痛彻肝肠。

四

回到台湾之后，我又忙着，但照例过一阵子就去屏东看看垂老的父亲，看到父亲当然也就看到了照顾父亲的J小姐。

“那个老兵，你的邻居，就是我们在南京机场碰到的那一个，现在怎么样了?”

“哎呀，”J小姐一向大嗓门，“死啦！死啦！死了好几天也没人知道，他一个人，都臭了，邻居才发现!”

啊！那个我不知道名字的朋友，我和他打过两次半照面，一次在北京，一次在南京。另外半次，是听到他的死讯。

五

十多年过去了，我忽然发现，我其实才是老兵做梦也想做的那个人。

我儿是建中人，我女是北一女人，他们读完台大后，一个去了加州理工学院，一个去了N.Y.U。然后，他们回来，一个进了中研院，一个进了政大外文系，为人如果能由自己挑选命运，恐怕也不能挑个更好的了。

如果，我是那个陌生老兵在说其“梦中妄语”时所形容的幸运之人，其实我也有我的惶惑不安，我也有我的负疚和深愧。整个台湾的安全和富裕，自在和飞扬，其实不都奠基在当年六十万老兵的牺牲和奉献上吗？然而，我们何以报之？

去岁六月，N.Y.U 在草坪上举行毕业典礼，我和丈夫和儿子飞去美国参加，高耸的大树下阳光细碎，飞鸟和松鼠在枝柯间跑来跑去，我们是快乐的毕业生家人。此时此刻，志得意满，唯一令人烦心的事居然是：不知典礼会不会拖得太久，耽误了我们在牛排馆的订位。

然而，虽在极端的幸福中，虽在异国五光十色的街头，我仍能听见风中有冷冷的声音传来：

“你，欠我。”

“我欠你什么？”

“你欠我一个故事！我不会说我的故事，你会说，你该替我说我的故事。”

“我也不会说——那故事没有人会说……”

“可是我已经说给你听了，而且，你明明也听懂了。”

“如果事情被我说得颠三倒四，被我说得辞不达意……”

“你说吧！你说吧！你欠我一个故事！”

我含泪点头，我的确欠他一个故事，我的确欠众生一段叙述。

六

然后，我明白，我欠负的还不止那人，我欠山川，我欠岁月。春花的清艳，夏云的奇崛，我从来都没有讲清楚过。山峦的复奥，众水的幻设，我也语焉不详。花东海岸腾跃的鲸豚，崇山峻岭中黥面的织布老妇，世上等待被叙述的情境是多么多啊！

天神啊！世人啊！如果你们宽容我，给我一点时间，一点忍耐，一点期许，一点从容，我想，我会把我欠下的为众生该作的叙述，在有生之年慢慢地一一道来。